イーハトーヴ奇談

太野祺郎

表紙　川路由希子

一　定年退職

日本経済は一九九〇年代に入るとバブル景気が崩壊し、経済活動の収縮により先の見えないデフレーションへ落ち込んでいった。これはその頃の物語である。

二月の下旬であった。東京の西新宿に割拠する超高層ビルの一つ、Nビルの最上階にあるレストランに富士商事株式会社の社員が六十名ほど集まっていた。

ビルの窓からは街のきらびやかな夜景が見下ろせた。大陸から張り出してきた高気圧が日本列島を覆い、外気は澄みわたって郊外のほうまで光の海が広がっていた。ここで間もなく富士商事営業部特販グループの定年退職者送別会が始まる。

会場の中央に白いクロスがけの丸テーブルが数台配置され、参集した社員たちは思い思いに分かれて陣取っていた。会話に興じる者、タバコを吸う者、手帳を見る者、ポーズはさまざまだが、一様にダーク系のスーツを着用している。

料理の準備も整い、要所々々に白服姿のホテル従業員が待機している。

特販グループ長（次長職）の久坂啓次《くさかけいじ》はその日の主客、定年退職を迎える笹川課長と雑談しながら門田常務取締役営業部長の到着を待っていた。笹川は久坂が入社したときの職場の先輩であったが、今は久坂の部下という関係である。

恰幅《かっぷく》がいい笹川はタバコを指に挟んで頬の横にかざし、猪首を小刻みに振りながら会話に応じている。その風貌から学生時代ラグビーの選手だったことを容易に想像できた。

一方の久坂は登山を永年の趣味にしており、中肉中背の平凡な体型の持ち主。面長で黒ぶちのメガネをかけている。ひたいを艶々と光らせ髪は黒々していて、五十八歳という実年齢より若く見える。彼は自分が送られる日もそう遠くないと思いながら、その日を無事に迎えられるか漠然とした不安を感じていた。

やがて先触れの庶務課長が入ってくると、禿頭《とくとう》で痩身長躯《そうしんちょうく》の門田部長が現れた。社員たちを見やり、会釈のつもりか頭を軽く振りながら歩いてくる。同時に後ろの扉から滑り込んできた男が久坂に近寄ってきて耳打ちした。

「次長、例の件について至急お伝えしたいのですが」

部下の中村課長である。久坂は笹川に一言断って廊下に出た。

会場では門田部長の挨拶が始まった。

例の件というのは、富士商事が鋼材を納入している天海建設の信用不安の噂である。両社は永年取引きしてきたが、最近になって天海建設の支払い遅延が発生し、本社経理部から要注意サインが出ていた。特販の担当者は信用調査会社や銀行筋から情報を入手するため走り回っていた。

中村課長の顔色は最悪の事態を告げている。

「天海の倒産は時間の問題と思われます」

課長は集めた情報をこと細かく報告した。

同様の事例は昨年から何件か続いて発生していた。そのたびに久坂は事態の収拾に精力をそがれ、下落していく日本経済の実態を思い知らされるのであった。

事態が切迫していることを確認した次長は課長に指示した。

「では明朝一番で常務に説明するから資料を準備してくれ」

「はい、了解しました。常務に一報入れておいて下さい。それから、笹川さんには送別会を失礼しますが、お詫びしておいて下さい」

課長はそう言って足早に去っていった。

職場の定年退職者送別会では部長が退職者の略歴を紹介し、在職中の業績を称《たた》え、幸せな余生を祈念する挨拶を行う。久坂が会場に戻ったとき、部長の挨拶は定型的な部分を終え、異例なことに会社の現況に及んでいた。

「……特販グループの主だった皆さんがせっかくお集まりの機会ですから、ちょっと時間をお借りして、いま会社がどういう状況に置かれているか、皆さんに何をお願いしなければならないか、お話させていただきます」

日本経済はバブル景気がはじけ、不況の底に落ちて久しい。過大な不動産投資に起因する債務超過の倒産から始まり、円高による輸出の減少が経済活動を収縮させて売上減少を来《きた》した。その対策として生産施設の海外移転、その結果の安い商品の移入、それらの複合として今ではデフレの悪循環に陥ってしまい、出口も見えない。

富士商事に限らず各企業はバブル期の清算と売上減少に対応するため、業務の絞込み、組織のスリム化、人員の削減を懸命に進めている。鉄鋼を主要取扱い品目とする富士商事の置かれた状況は、建設需要の落込みにより特に厳しい。したがって心ならずも、希望退職を募らざるを得なくなった。門田常務取締役の話の要旨はそんなところであった。

社員にとって経済動向や業績不振の実状は今さら驚く話ではなかった。ただ希望退職を募ることは公式には初めて耳にする話である。噂は流れていたが、役員の口から正式に伝えられると出席者の間に少なからぬざわめきが起きた。

定年者送別会の場にふさわしい話題ではない。久坂は不快に感じた。常務とてそれはわかっているだろう。しかし言わざるを得ない気持ちも理解できる。泥沼であがいているような毎日、努力しても業績不振から抜け出すことはできない。久坂はここ一、二年気分がすっきりしたことはなかった。まるでヘドロが頭か胸か腹か、体の何処かにこびりついているような不快感であった。

笹川への記念品が贈呈され、彼の答礼の挨拶となった。企業という組織では何事も先例が踏襲され、定年退職者の挨拶にも一つのパターンが出来上がっている。今日まで自分を指導し支えてくれた上司・仲間への御礼、在職中の思い出、今後の生活設計などを語り、会社の繁栄と列席者の健勝を祈念して締めくくる。常識的に非の打ち所のない、当を得た挨拶であるが、久坂はいつもそこにサラリーマンの悲哀を感じる。

笹川は日本経済が好況だったころ、ある大きな都市再開発プロジェクトに食い込み、特筆すべき売上を記録したことがあった。彼はそのときの苦労話を誇らしげに披露し、いいサラリーマン人生を過ごせたと語った。

笹川に限らず定年を迎えたとき、多くの人は会社生活を振り返り、周囲の評価はどうであれ、自分の生き様に何らかの意義を見出そうとする。一生のうち最も活力に満ちた時間を捧げた会社生活が無意味であってはたまらないのである。

しかし笹川が自慢するほどの業績は好況期にはざらにあったたし、また企業はある期の栄光をいつまでも記憶していてくれない。企業にとっては個人よりトータルとしての業績が関心事であり、今期の業績こそが重要なのである。

栄光は絶えず過去のものとなっていく。その冷酷さにうすうす気づきながら、サラリーマンは過ぎ去った時間に自分の存在意義を見出すしかない。久坂はそこにやるせない悲哀を感じるのであった。

送別会が乾杯から飲食、歓談に入ると、久坂は門田部長に天海建設の件を耳打ちした。同社の支払遅延が発生した時点で部長には報告しておいたのだが、門田は驚きの色を隠さず、額のしわをさらに深くした。

一　定年退職

「君のグループではこれで今期三件目か。全く参るね。明朝、報告してくれ」

そう言って、彼はふだん顔を合わせる機会の少ない部下に近寄っていった。

社員はいくつものテーブルに分かれていたが、挨拶に回ってきた笹川をそっちのけにして、希望退職の件を話題にしていた。早々に主賓席へ戻ってきた笹川の相手をするのは久坂であった。

送別会はお開きとなり、笹川をタクシーに乗せて見送ると、久坂は同じビルの二十階にあるオフィスへ戻った。富士商事の本社は西新宿の別の場所にあったが、営業部は交通の便が良いこのNビルに拠点を置いている。

暗い室内に一ヶ所だけ明かりが灯っていた。吸いさしタバコから紫煙がゆらゆらと立ち昇っている。中村課長が一人机に向かっていた。

「ご苦労さま。資料はできているかね」

次長が声をかけると、課長は即座に答えた。

「はい、とりあえず一枚にまとめました」

A4判のコピーには天海建設の経営情報と取引実績、富士商事の未収額など、現時点で知りうるデータが簡潔に記載されている。

「債権保全策として担保をとるとか、支払期限を過ぎた分の現品を差し押さえるとか考えられますが、どこまで出来るか顧問弁護士に相談しております」

課長の説明を次長はうなずきながら聞き、部長説明をどう進めるか、考えをめぐらせた。しかし、倒産が明確になっていない現状では法的措置はとれない。弁護士のアドバイスを待つしかなく、これ以上考えても仕方がなかった。

久坂はさらに重いヘドロを胸に抱えながら家路についた。

彼の家は通勤に一時間以上かかる郊外にある。新宿からJRで池袋まで行き、西武線に乗り換える。座れなかったが先頭車両に乗り、運転席のすぐ後ろから進行方向を見つめた。電車が暗闇の中へ吸い込まれるように進んで行く光景を彼は好んだ。濃い闇に塗り込められた平凡な住宅地の風景が、電車のライトを浴びて一瞬浮かび上がるさまは非現実の世界を垣間見るようであった。

乗客の数が減ってきて、外の灯りも疎らな田園地帯を突き進むようになると、このまま永遠の線路をたどって行くような錯覚にとらわれる。いやそうであって欲しい、どこまでも進んで行き、非日常の世界へ連れて行って欲しいと願うのであった。

彼は宮沢賢治の詩や童話を愛読していた。夜の郊外を走る電車に乗ったとき、賢治の『銀河鉄道の夜』の世界を想像するのであった。好況で何も心配が無いときでも、酔って遅い電車に乗ると、そういう非現実的な世界への憧れを抱いた。

彼の家は埼玉県にあり、毎日都心へ通う者には決して便利な場所ではなかった。しかし、その代償として広い宅地を確保できたし、近くに小川や雑木林など自然が残っているので満足さえしていた。

帰宅した久坂は妻の泰子に笹川の送別会があったことを話した。泰子は同じ会社に勤めた縁で夫と結ばれたのであり、笹川とも面識はあった。

彼女は小柄で丸顔、目がくりくりしていて口元がきゅっと絞まっている。童顔というか、どこかに少女のあどけなさを残している。

「あら、そうでしたの」

そう言いながらお茶を煎《い》れる手を休めず、ちょっと間を置いてから

「笹川さん退職後はどうなさるの？」

「うん、しばらくは何もしないで、奥さんと旅行でもしたいと言っていたよ」

定年を迎えたとき、永年苦労をかけた妻と旅に出かけたいと願う人は多い。三十数年も

四十年も会社一筋に生きてきて、子育てや近隣のつきあいを妻に押し付けてきた償いとして、実現できるのは旅行ぐらいしかないのである。

海外旅行でもせいぜい十日ぐらいのパッケージツアーである。スペインやオーストラリアで十年ぐらい海外生活を楽しむとか、気に入った田舎にログハウスを建てて自然とともに暮らすという生き方は限られた人にしかできない。

だが、旅行でさえ考えられない人が増えてきている。倒産やら解雇やら不況の風が吹き荒れている昨今である。

妻と会話しながらも、久坂の頭の中から天海建設の問題が消えることはなかった。夫の顔色が冴えないのを見て妻は訊いた。

「貴方は定年後どうするの？」

久坂はこの問題について考えないわけではなかった。ふつう定年が近づけば誰でも考えざるをえない問題であるが、彼の場合もっと早くから折々意識することであった。それは漠然とした願望がからんでいるので他人に説明するのは難しい。ここで話すべきかためらいながら彼は口を開いた。

「漂泊だな」

「えっ、なに？」

意味不明の夫の言葉を理解できず彼女は怪訝《けげん》な顔をした。

「うん、一種の旅だな。観光旅行とは違う」

「登山ですか？」

「いや、何というか……」

「……貴方の山は知らない山ばかりで、私はもっと名のある山へ行きたいわ」

久坂は学生時代から登山を始め、いわゆる日本百名山はとうに登り終え、最近は日本山岳会が選定した三百名山を専ら目指していた。妻となるべく一緒に登りたかったが、三百名山は馴染みの薄い山が多いので、彼女は必ずしも喜んでついてくるわけでなかった。といって彼は近郊の低山にはあまり気が向かなかった。夫が近間に目を向けないので彼女は同好の友人と地域の登山サークルに入会し、夫とは別行動でハイキングや、夏のシーズンには北アルプス登山などを楽しんでいる。

久坂は妻の問いかけに苦笑して答えた。

「登山はこれからも続けたいが、それとは違う旅をしてみたいんだ。いずれ話すよ」

笹川の送別会の翌日、久坂次長はオフィスで顧問弁護士からの電話を待っていた。顧問弁護士は天海建設の信用不安説に関し銀行筋から情報を探り、富士商事として現状とりうるアクションを提案してくれることになっていた。

企業の次長は課長と部長の中間職制で権限はやや曖昧なところがある。部長の補佐をしながら特命事項を担務する形が多い。しかし久坂の場合はグループ長としてラインの権限を持ち、部員の元締めの役割を担っている。

次長席の電話が鳴った。脇の丸テーブルで部下と打ち合わせをしていた久坂は急いで席に戻り受話器をとった。

「特販の久坂でございます」

「もしもし」

女性の声であった。

「あの、次長さんですか。笹川の家内でございます……」

思いがけない電話だったので一瞬間《ま》が空いた。

「……これは奥様、しばらくでございます。ご主人、昨日はお疲れ様でした」

「たいへんお世話になり、有難うございました。……あのお騒がせして申し訳ありませんが、今朝、笹川がとつぜん他界いたしました」

「えっ、亡くなられた？　……」

久坂は絶句し、思わず腰を浮かした。声があまりに大きかったので室内の視線はいっせいに彼に注がれた。

「まさか。どうして……」

久坂は肩を落として座り込んだ。

笹川夫人の話を要約すると、夫は昨夜永い勤めを終えた安心感からかいつにも増して機嫌が良く、家族を前にしてまた祝杯を上げた。今朝、普段より遅い時刻に起床し、昨夜の酔いが残っていると言って朝風呂に入った。そこで倒れてしまい救急入院したが、心筋梗塞のため即死の状態であった。

久坂は儀礼的なお悔やみしか言えず慰めの言葉を失っていた。あんなに頑健そうだった人がどうしようもない遠くへ行ってしまった。それも余生の門出の日に。久坂から事情を聞いた社員たちは一様に深いため息をつき、沈黙がしばらく室内を支配した。

久坂は関係があると思う課所へ連絡した後、庶務担当者に葬儀の打ち合わせのため笹川家へ出向くよう指示した。昨日まで在籍した先輩である。しかも余りにも非運なことである。

できるだけのことをしなければならない。

ほどなく顧問弁護士から連絡が入り、状況は少し見えてきたが具体的な提案はなかった。先方の弁護士とも話し合ったが、複数の再建策を検討中であり、現時点では状況を見守るしかないという。

笹川家へ伺った庶務担当者から葬儀に関する連絡が入った。通夜は明日、告別式は明後日、式場は三鷹の禅林寺、受付・会計等庶務は富士商事が主体となって行うことになった。

式場が禅林寺と聞いて、久坂は奇しき縁を感じた。彼の実母の葬儀もその寺でとり行ったからである。

社員関係の葬儀に際し式場で弔問客を迎える侍立《じりつ》は本来なら部長の役である。久坂は門田部長に笹川家葬儀の式次第を知らせた。門田は目を閉じ、口を曲げて聞いていたが
「明日の夜は先約が入っているので、悪いけれど久坂君お願いするよ」

と事務的に言った。

仏は退職者ではあるが前日まで在籍していた元社員。会社としてどういう対応をしたらいいか迷うところである。規定からいえば、社員でない者の葬儀に部長が侍立する義務はないが、会社関係の会葬者が多いから久坂はせめて自分は侍立しようと考えた。

彼は退社して三鷹にある笹川家を弔問した。賑やかな表通りから横の通りに入ると、街灯は点々と点っているがあちこちに暗がりが居座っていて、久坂は闇に引きずり込まれるような重い気持ちになった。昨夜、笹川さんのタクシーはこの横通りまで入ったのだろうか、と久坂は意味のないことを頭に浮かべながら足を引きずるように歩いていった。

笹川家の門燈は周囲の家と変わらぬように点っていた。玄関に立つと尋常でない様子が見えた。親戚の人たちのものであろうか、種々の靴が散乱していた。

訪問が取り次がれ、現れた笹川夫人の案内に従い、久坂はおずおずと遺骸が横たわる部屋に通ってお悔やみを述べた。

「あまりにも突然で、茫然とするばかりです。奥様のご心中をお察ししますと言葉もございません」

夫人は気が張っているせいか、はっきりした口調で応えた。

「お悔やみいただき、痛み入ります。会社の皆様にはいろいろお世話をおかけしますが、よろしくお願いいたします」

「葬儀のことはご心配なく、万端《ばんたん》私どもにお任せ下さい。その他なんなりとご遠慮なくお申し付け下さい」

久坂はそう言いながら無力感に襲われて身の置き所もない気分だった。夫人の深い悲しみを和らげる術《すべ》の無いことがもどかしかった。

彼は笹川夫人としばらく話を交わした。故人はふだん血圧は正常で、健康診断でも心臓に異常は認められなかったそうである。送別会から帰宅した笹川は「いずれ四国霊場八十八ヶ所を歩いて回りたい」と言った。禅林寺を選んだのは自宅に近いことと、故人が散歩のとき好んで寄っていた場所だったからという。

久坂は笹川夫人に促されて仏と対面した。病み衰えて亡くなったのではないから、まだ生きているようであった。手をとれば目を覚まして起き上がるかと思われた。

スポーツマンらしく何事にも積極的で、弱音を吐かない人だった。上司に後輩を据えられ複雑な思いもあったろうに、それをおくびにも出さず礼節をわきまえた人だった。仕事のことばかりでなく、人生についてもっと話し合いたかった。久坂はいつの間にか頬を濡らし、合掌していた。

その日、帰宅した久坂は玄関に立つや、家の中へ向かって叫んだ。

「泰子、笹川さんが亡くなってしまった」

するると涙が湧いてきた。抑えていた無念の涙が滂沱《ぼうだ》と流れた。

妻の泰子が飛び出してきた。

「どうしたの。笹川さんがどうかしたの？」

「亡くなってしまった。とつぜん……」

メガネをずり落としそうになりながら、ひたいを押さえて泣いている夫を見て、妻は思わず寄り添って肩を抱いた。鞄は足下に放り出されたままである。

泰子は夫を抱くようにして居間に入り、ソファーに座らせた。久坂はしばらく放心して庭を眺めていた。枯れた芝生とその縁《ふち》に植えられた沈丁花《じんちょうげ》が目に映った。沈丁花は赤紫色の蕾をふくらませ、春が着実に近づいていることを告げている。

その間に妻はお茶を煎れて居間へ運んできた。彼女も座り茶碗を持ちながら言った。

「人の命なんてはかないものですね」

ありふれた言葉だが他に表現のしようがない。二人とも脱力感に襲われて沈黙するしかなかった。静かな家の中で時計の音だけが規則正しく時を刻んでいた。

久坂は結婚祝いに笹川がある本を贈ってくれたことを思い出した。当時ベストセラーになっていたセックスの指導書で、謝国権という医師が人形を使って体位などを解説しているものであった。笹川はちょっと先輩面をし、にやにやしながら本を渡してくれた。

「楽しみにしていた旅行もしないで、風のように逝ってしまった。……だけど考えようによっては老残をさらさないで、さっと散った桜のように潔い。そう思うしかないよな」

夫がため息をつくと、妻は

「でもやっぱり少しは自由な時間を楽しまなくちゃあ。貴方は長生きしてよ」

「そうだね。……ああ、それから式場は三鷹の禅林寺だ」

「まあ、お義母《かあ》さまと同じ。奇縁だわ」

妻は驚いたような声を上げた。

彼女はテレビのスイッチを入れ、台所へ行って夕食の支度を始めた。こういうとき妻の日常感覚が夫婦や家庭の舵取りをする。二人はぎこちなく夕食を済ませた。こうして日常の生活ペースは戻ってくる。

食後、久坂は中途半端になっていた昨夜の話題、退職後の自分の生き方について泰子に話をした。彼女は真剣な面持ちで聞こうとしている。

「漂泊の旅をしたいと言ったが、それは賢治の住んでいた世界とか、西行とか、一遍《いっぺん》とか、彼らにゆかりのある土地へ行ってみたいんだ。ただ旅行するだけでなく、肌に合ったらそこに住んでみたい」

彼女は黙っている。宮澤賢治は有名だし少し読んで知っている。その足跡を訪ねたい気持ちは理解できるが、住んでみたいというのはわからない。西行は桜の歌をいくつか知っているだけである。一遍については何も知らない。

彼女の口から言葉が出てくるまで少し時間がかかった。

「どうやら私の理解を超えた世界ですね。何とか勉強してみますが……」

「いや、全く俺の勝手なわがままだ。なかなかわかってもらえないかも知れない。それは仕方がないよ」

夫婦の会話はそれ以上進まなかった。

久坂は六十年近い人生で心惹かれる何人かの先人に出会った。その人々の足跡をたどり、その生き様を考えてみたいと思うようになっていた。そのような関心はサラリーマンの仕事には何の役にも立たない。先輩から「そんな非実利的なことにこだわっていると会社員として損をするよ」と諭されたことがある。

会社という組織では変わり者は弾《はじ》かれる。無色透明が好ましいのだ。だから多くのサラリーマンは周囲の目を気にして、組織に埋没して平凡に生きようとする。久坂は仕事を通じて知り合った何人もの友人が、いろいろな面で卓越した才能を有していることに気づいた。運をつかむことも才能とすればそれは欠けていたかも知れないが、彼らの仮面の底にキラリと光る才能は一流の可能性を秘めていた。

企業は才能の宝庫である。惜しむらくはそれを活かす風土と仕組みがない。サラリーマンは平凡を装ううちに感性を矯《た》めてしまい、鈍感な老人になっていく。

そして人間は必ず死ぬ。己の消滅を意識するときが必ずくる。そのときなお企業戦士であったことを誇りとして、従容《しょうよう》と死に臨むことができる者が何人いるであろうか。笹川は幸か不幸か、そういう辛さに遇わずに逝《い》った。

定年を機に仏門に帰依《きえ》する人がいる。帰依しなくても心情的に宗教に近づく人は少なくない。特定の宗教でなくても、自然や先人など心の拠り所になるものに、純粋に帰依したいと願う人は多い。人は自分の卑小さ、人生の無常を感じ、その対極にある大きなものにすがりたいと願う。久坂も心の拠り所を探す旅に出たいと思っている。

翌日、久坂は通夜の式場禅林寺へ少し早めに行った。山門をくぐると右側にそびえる松の大木が目につくが、彼の注目するのは松の木の手前に据えられた石碑であった。文豪森鴎外の遺言碑である。遺言は鴎外が死の三日前、親友賀古鶴所《かこつるど》を呼んで口述したものである。石碑に印されたカタカナ混じりの文言を読んで久坂は粛然とした。

その後、式場を瞥見《べっけん》したが笹川夫人や親族はまだ見えていなかった。受付、侍立、接待の場所、駐車場、道案内など、庶務担当者の説明を聞いた後、事務棟の裏にある墓地へ回り鴎外の墓にお参りした。斜め向かいに太宰治の墓がある。太宰は生前鴎外を慕っていて、その遺志により鴎外の墓と向かい合う場所に葬られた。

彼は母の葬儀を禅林寺で営んだので、この寺に鴎外と太宰の墓があることを知っていた。そのとき式場は葬儀社任せであって、自分で禅林寺を選んだわけでなかった。しかし笹川は散歩の折ここに寄っていたというから、文豪の墓があることを知っていたに違いない。

鴎外と太宰はいずれも日本文学史上の巨星である。久坂は若いころは太宰のほうに親近感を抱いていた。しかし母の死を契機に、鴎外の生き様に強く惹かれるようになった。父は早く他界していたので、母を失ったとき「とうとう天涯孤独になった」と心底感じた。兄弟も妻子もいるのにそういう感傷に沈んだ。

鴎外の墓には［森林太郎の墓］とのみ印されていて戒名はない。鴎外は遺言で『墓ハ森林太郎墓ノ外一字モホル可《ベカ》ラス』と言い、『余ハ石見ノ人森林太郎トシテ死セント欲ス』と宣言した。軍医総監、明治を代表する文豪、従二位旭日大綬賞拝受など、現世の栄誉を重ねた人が遺言で『死ハ一切ヲ打チ切ル重大事件ナリ、奈何《イカ》ナル官憲威力ト雖此《イエドモコレ》ニ反抗スル事ヲ得ズト信ズ』と喝破《かっぱ》し、縁故のある宮内省、陸軍の栄典を固辞した。

この遺言を読むとき久坂は実に潔いものを感じる。世の栄誉を一切断ち切って死をみつめる一人の男。鴎外はそのとき、一生はまぼろしであり、この世は一切無と観《かん》じたのであろう。死に臨んだ者にとって世間の栄誉は何の救いにもならない。虚飾を全て捨て、生まれたままの裸の自分にもどる。なんという厳しさ、寂しさ。人は本来孤独な存在である。いかに心の通い合う者同志でも、夫婦でも運命を共にすることはできない。生まれるときも死ぬときも独りなのである。

久坂は鴎外の墓に接したときから、人は死を念頭に置きながら生きなければならない、と痛切に思うようになった。死は必ずやってくる。そのとき従容と死を受け入れられるよう準備しなければならない。悩み、あがき、苦しんで、なお迷いながら死を迎えるかも知れないが、この問題から逃れることは出来ない。

笹川さんも鴎外の墓の前でこんなことを考えたことがあっただろうか。会社生活ではいつも豪放磊落で、人生の悩みとは無縁のような顔をしていたが、四国の霊場を回ってみたいと言っていたことと思い合わせると、久坂の知らなかった笹川の一面が浮かび上がってくるのであった。

通夜は富士商事の関係者が多数参列して行われた。翌日の告別式は昼間のため会社関係の参列者は少なく、そのうえ雨天となったので淋しいお別れとなった。久坂は二日とも侍立し、会計の始末まで確認して帰宅した。

二　肩たたき

天海建設は結局、会社更生法を申請して倒産した。その事後処理が終わった四月下旬のある日、オフィスで久坂は黒ぶちの度の強いメガネを光らせながら、ワープロを叩いていた。超高層ビルの二十階の南に面したガラス窓から、午後の陽が射しこんできて彼の首筋を熱く照らした。

次長席から少し間を置いて並んでいる部員の机には、末席で女子社員が一人執務しているだけ。男性はセールスに出ているので室内はがらんとしていた。

久坂はときどきワープロの手を休め、左手の親指と人差指の股を顎《あご》の尖端に当て、おもむろに顎をさすって指先をすぼめる。考え事をするときの彼の癖であった。

彼はワープロの入力にはひらがなを使用していた。まずキイを［へいわ］と叩き、変換して［平和］とする。次に［なる］と叩いて［成る］と表す。この［平和成る］という文字をしばらく眺めてから、［和］と［る］を削除して［平成］という単語を作る。

ワープロ機は昭和の終り頃に購入したもので、今はパソコンの時代になったが、愛着があって捨てることが出来ない。もちろん平成という単語を登録すれば、面倒な操作をしなくていいのだが、彼は［平和成る］という語句に特別な感慨を抱いていた。

彼が次長になった頃、日本経済はどこまでも右肩上がりに成長すると信じられており、人手不足だけが問題という時代だった。私生活では住宅ローンを完済し、子供たちの教育を終え、表面的には何の心配も無い日々であった。年号が平成に変り、思いつきで［平和成る］と打ったのであるが、それが当時の状況を象徴しているように感じられて、いまだに同じ操作を続けているのである。

ところがその直後、見せ掛けの好況、いわゆるバブルがはじけて日本経済は不況に転じ、かつて経験したことのないデフレに陥《おちい》ってしまった。つまり物価を下げなければ物は売れない。価格を下げれば売上も利益も落ちる。利益が落ちればコストカットをするしかない。対応策の第一はリストラである。解雇や賃金が下がれば消費はさらに落ち込む。企業はなりふりかまわず、組織縮小、会社合併、人員削減などを進めている。そのための配転、賃下げ、解雇は日常茶飯事となってきた。

富士商事も例外ではなかった。むしろ鉄鋼を主要取扱品目としているだけに、建設需要低迷の影響を被って最も厳しい事態に見舞われていた。営業部ではセールスマンが必至に駈けずり回っても、毎月の売上は前年を大きく下回る状況であった。とうとう人員縮小の計画が立てられ、希望退職の募集が始まった。

久坂が得意先別の売上・売掛金状況をチェックし、売上報告書に添付する概要説明の作成に頭をひねっているとき電話が鳴った。上司の門田常務取締役部長からであった。

久坂が常務室に入っていくと、門田はすぐ立ち上がり応接用の席についた。いつもは部下を呼んだとき、ソファーの席を勧めてしばらく待たせるのであったが今日は違っていた。部屋のブラインドは下げられていたが、隙間から太陽の輻射熱が入り込んできて汗ばむほどの室温であった。

痩身の門田常務は長躯を屈めるようにして、いつになく柔和な顔つきで言った。

「久坂君、元気そうで何よりだ。僕はもう倒れそうだよ」

「ご心労、お察し申し上げます」

「いやいや、弱音を吐きたくないが、実につらい。全く先が見えないんだ……」

そこで門田は激しく咳をした。彼はもともと喘息持ちであった。

「言いにくいことなんだが、希望退職の申し出がはかばかしくないので、幹部から範を示そうということになった……」

門田はちょっと間を置いて

「申し訳ないが、家庭事情を考慮した結果、君にまず協力してもらいたい。いや、君だけを犠牲にするのではない。他の幹部にもお願いするし、メドがついたら私も覚悟しなければと思っている」

来るものが来たか、という思いが一瞬久坂の脳裏を駆け巡った。この一、二年、彼は自分の行く末について考えざるを得なかった。五十五歳定年制の昔ならとうに引退している歳である。同期のトップはすでに部長や取締役に昇進している。常識的には自分の将来が頭打ちになったことである。

しかし現実の問題として退職を勧告されれば普通は動転する。ところが彼は部長の言葉を他人事のように聴いている。それに気づいて慌てて答えた。

「そうですか。……私も率先することを考えないわけではありませんでした。ご意向に添って考えてみます。それに体力があるうちに余生のことを考えるのも良いかも知れませんね」

体《てい》のいい解雇を言い渡されているのに、調子の良い言葉が出てくるのは、永年のサラリーマンの性《さが》なのか、あるいは潜在意識の表れなのか、彼は自分の本心を計りかねながら、意外に平静な自分を可笑《おか》しく思った。

「わかってくれるか。有難う。しかし、そうあっさり言われると、こちらが見放されたようで淋しい気もする。残って苦労する者のことも忘れないでほしいね」

そう言う門田は明らかにほっとしている様子であった。

久坂は視線を門田常務の背後に飾られている写真に向けた。富士商事の本社ビルを写したものである。下から仰ぐ巨大なビルが青空をバックにして誇らしげに建っている。彼は網膜に映る写真のディテールを見ているわけではない。十年ほど前、本社ビルの建設に当たり、当時の門田総務部長の下で、課長として近隣対策などで昼夜をいとわず献身したことが走馬灯のように脳裏を過ぎった。

「ところで常務、今回は何人くらいに声をかけられるのですか。同期では他に誰かいますか」

久坂は顎に左手を当てながら訊《たず》ねた。

「うん、今回は第一弾として十名だ。……君の同期の小倉も対象だ」

「えっ、でも小倉は管理職じゃあないですが」

「うん、彼は君と同期の学卒だから……」

門田はそれ以上言わなかったが、小倉が会社にとって真っ先に辞めさせたい社員であることを社内では誰もが知っている。小倉太一は組合活動にのめり込んでしまい、学卒でありながら干されて未だに平社員である。久坂は小倉のことにはそれ以上触れず、業務がらみの話を少し交わしてから常務室を辞した。

常務室のドアを閉めて廊下に出たとき、彼は背中で何かがパチンと音を立ててはじけたように感じた。例えるなら背負っていた風船が破れたのである。風船にはサラリーマン生活で身についた勤労精神、重要なポストを担っているという自負心、今の生活を壊したくないという惰性など、諸々のガスがつまっていた。それは勤め人の背筋を吊り上げ、前を向いて歩かせてくれる支えであった。それが一気にしぼんだ。

自室に戻った久坂は腕組みをし、南側の窓に向いて外の景色を眺めた。向かいのビルの窓は陽光を受けて反射が眩しい。この無機質の風景の中で一匹の蟻のように小さな自分が働いていた。それが間もなく去っていく。

富士商事に入社して三十六年、あっけない幕切れである。出世第一主義ではなかったが、人並みの昇進を望んで努力し、それなりに報われてきたと思っている。定年が六十歳に延び、もう一段昇進のチャンスがあるかも知れないという期待もあった。それは淡い望みであったが風船のどこかに息づいていた。

その期待はあっという間に雲散《うんさん》した。もう仕事を生きがいにした生活、会社に望みをかける生活は終わる。優秀な営業成績を上げて社長表彰を受けたこともあったが、今となっては流れに浮かんだうたかたである。企業経営にとっては今期の業績こそが重要であって、過去の業績など話題にもならない。

サラリーマンはそんな泡沫を健気に追い求めるしかない。定年を迎えて一場の夢だったことにようやく気づく。それが少し早めにやってきた。この辺りが人生切り替えのチャンスかも知れない。こういうとき頭の中は真っ白になるのが普通だが、久坂の気持ちは意外にさばさばしていた。

彼はワープロの作業を仕上げてから、本社経理部の児玉次長に電話をかけた。児玉英治とは入社が同期で、気の合う飲み友達であった。

「おい、今晩いいかい」

児玉は二つ返事で応じた。

久坂は終業のチャイムが鳴ってからも、黒表紙のダイヤリーを広げて、未処理の案件の内容や、仕掛かり中の仕事の経過をメモしていた。女子社員が机の上をきれいに片付けて、上司の様子をうかがっているのに気づいて声をかけた。

「僕はもう少しかかるから、お先にどうぞ」

残業が規制されていることもあって、セールスマンは出先から帰宅する者が多かった。女子社員が帰ってしばらくすると、中村課長が戻ってきた。課長からセールス先の状況報告を受けた後、久坂は

「僕は希望退職に応じることにしたよ」と伝えた。

「えっ、ほんとですか……」

とつぜんの話で中村課長は絶句した。

「引継ぎのことはこのダイヤリーに書いておく。後はよろしく頼む」

彼は黒表紙を引き出しに仕舞って席を立った。

新宿にある行きつけの居酒屋に久坂が入っていくと、先にきていた児玉は奥のほうで手を上げた。テーブルが八つほどの店内はほぼ満席でタバコの煙が充満している。入口に近

い棚には空《から》の一升瓶がラベルも賑やかにずらりと並んでいる。いずれも名の通った酒蔵のものである。

児玉はいつものとおり越後の八海山を飲んでいた。久坂は静岡の磯自慢を注文した。二人は日本酒党で、いろいろな銘柄の地酒を探しながら楽しんでいる。

「さっき、常務に呼ばれて死刑を宣告されちゃったよ」

久坂はそう言って、手の平で首を切る仕草をした。

髪形・服装ともに紳士然とした児玉はメガネのチタンのフレームに手をかけながら、事態を察してうなずいた。

「そうか、いよいよそういうことになってきたか。どうしても、若手より俺たちのほうに目が向けられるんだよな」

「ついでに常務から聞いたんだが、小倉も退職を勧告されるらしいぞ」

それを聞いて児玉は目をむいた。

「そりゃ、まずいな。最初から組合を敵に回すようなもんだ。人事は何を考えているんだ。そうだろう？」

その問いかけに久坂はすぐには反応せず、杯をゆっくり空《あ》けてから言った。

「小倉には怨念《おんねん》があるからな。俺たちは状況に順応するように飼いならされてきたが、彼は闘うしかないだろう。会社もそれを承知で指名するほど切羽詰《せっぱつま》っているということだな」

児玉は久坂に酒を注いだ。二人はしばらく経営や人事についての情報を交わしながら、銘柄を替えて酒を飲んだ。

二人が日本酒に開眼したのは十年ほど前のことである。当時、幻の名酒といわれた「越の寒梅」をいくらでも飲ませる店があった。そこで彼らは越の寒梅は一級より二級のほうがうまいことを知った。鑑査を受けない酒は二級として扱われ税金が安くなるので、大吟醸は無鑑査の二級として売られる場合が多かった。

「うまい、さすが寒梅だ」などと言って飲んでいる彼らに、その店の常連客の一人がある酒を勧めてくれた。口に含むや、清々しい香りが口中に広がり、ふっと透明な世界へトリップしたような、軽やかな気分に包まれた。緑色の磨りガラス製の角壜には「香露《こうろ》」という文字が記されていた。熊本酒造研究所醸造の大吟醸であった。

「どうです。寒梅よりうまい酒が全国あちこちにあるんですよ」とその常連は教えてくれた。常連たちは各地のおいしい酒を見つけてきては店の冷蔵庫に保管して置き、仲間同志で味比べをして楽しんでいるのであった。

その店では静岡の［開運］、大阪・池田の［呉春《ごしゅん》］などが二人のお気に入りとなった。しかし店主が選んだ名酒の値段は、縄のれんの居酒屋と比べると格段に高い。一合千円も二千円もすると、度々は来られない。

その頃から、酒屋やデパートには、大手や群小のメーカーが競って造り出した吟醸酒や純米酒が種々並ぶようになった。日本酒の面白いところは玉石混交にある。洋酒の味は価格にほぼ比例するが、日本酒は安くてもうまいものがあり、その逆もある。一升三千円くらいのもので、大手メーカーの高額酒をしのぐ地酒を発見できることもある。

地酒の話題は商売に役立つこともあったが、それは二義的なことであって、久坂は気に入った地酒を探すことに並々ならぬ関心を示してきた。

彼はまたドブロクに強い憧れを抱いていた。若い頃、北アルプスを縦走していたとき、ある山小屋で振舞ってくれた濁り酒の味が忘れられない。

夕立に打たれて小屋にたどりついたとき、小屋番が隅の瓶《かめ》から無造作にすくってくれたのがドブロクであった。甘くなくてすっきりした味であった。小屋番は残飯を瓶に放り込んでおくだけでいい、と言った。そんなに簡単に酒を造れることが不思議であった。

当時、糖類やアルコールなど添加物の入った酒しか知らなかった彼は、ドブロクに接して純米酒のうまさを知った。昔は酒といえばドブロクで、それはまさに純米酒だったのだ。

成田三里塚の闘士、前田俊彦編の『ドブロクをつくろう』という本を読んで、自給自足を認めない酒税法は憲法違反であるという主張に共鳴し、自分もいつかドブロクを造ってみたいと思うようになった。

会社や仕事に関する話題が一段落して児玉が真顔になって訊いた。

「ところで久坂、辞めてどうする?」

メガネの黒ぶちに挟まれた久坂の鼻の頭は脂でテカテカ光っている。どこか書生っぽい顔立ちは歳よりずっと若い感じで、五十そこそこに見える。彼は空の杯《さかずき》を指先でぐるぐる回していたが、「ふっ」と息を吐いてから

「旅に出るよ、……」

ちょっと間を置いて続ける。

「すぐ帰ってくる旅じゃなくて、どこか田舎に住みついて、ドブロクを造るよ」

「ドブロク? ああ、いつも言っている話か。しばらくはやりたいことをやったり、休養するのもいいだろう。なんたって俺たちは家庭を顧みないで働いてきたのだから、ここら

辺で奥さん孝行もしなけりゃあならないしね」

児玉がもっともらしいことを言うと、久坂は苦笑いを浮かべて
「女房はどうかな。俺についてくるかわからない。俺は独りでも行く」

「そう簡単なことではないだろう。まあ、奥さんとゆっくり相談するんだね」

こういう場合、児玉は第三者として常識的な受け答えしかできない。

久坂の妻、泰子は最近身近な友人との付き合いを深め、趣味の登山や油絵、観光旅行などを楽しむようになっている。彼女はこの三十年、家庭を守り子供を育て上げ、夫婦二人の生活になってからはパートの仕事にささやかな生きがいを見つけた。そこに夫のわがままが入り込む余地はあるだろうか、久坂は計りかねている。

久坂は児玉と飲んでいるうちに、今まで漠然としていた自分の気持ちがだんだん明確になってくるような気がしてきて、冗舌になっていった。

「前から感じていたことだが、東京、いや都会は人間らしい生活のできる場所でなくなったと思わないかい。まず、空気の汚れ。自動車や冷暖房の排気ガスは健康を蝕んだり、異常気象の原因となっている。次にまずい水。水道水には重金属やトリハロメタンという毒物さえ含まれている疑いがある。

さらに例を上げれば、見かけは良いが農薬づけの野菜、防腐剤を添加した調味料。日用品もろもろ、よく考えてみると不安なことがいっぱいだ。商品を買う場合はラベルで判断するしかないが、内容を正しく表示しているか信用できない。その典型的な例は牛肉のラベル偽装や偽造事件だ。インチキが無いとしても、ラベルだけでは生産の実態は知りようもない。どこの誰がどのような心遣いをして作ったものか、まるきり分からない」

じっと聴いていた児玉が反論した。

「そのとおりだよ。しかしそれが嫌なら都会では生きていけない。都会に職を持っている以上、劣悪な環境に甘んじざるをえない」

久坂は笑みを浮かべながら昂然《こうぜん》と言い放った。

「俺はその職を失った。だから都会にしがみつく必要はない。自分の手で物を作り、あるいは作られる過程のわかった物を求めて、納得のいく生活をする。ドブロクはそういう生活の象徴なんだ」

それを聞いた児玉は首を左右に振りながら言った。

「全くお前って奴はのん気なものだな。働き盛りのサラリーマンが肩たたきに遇えば、まずは呆然自失、挫折感に打ちひしがれ、恨みや愚痴を口走るところだが、いい覚悟ができているよ」

居酒屋の客は入れ替わっているのだろうが、前後左右に同じような顔が並び、タバコの煙と話し声が充満していた。向かい合っている者同志の会話でさえ聞き取りにくい時があった。二人はどちらからともなく立ち上がって、次の店へ向かった。

次の店は日本そば屋であった。改装されたばかりの店で、白木作りの店内は明るかった。席はほどほどに埋まっている。久坂の評価ではまあまあの蕎麦を提供している。

彼らは酒ともり蕎麦を注文した。ここには静岡の［正雪《しょうせつ》］といううまい酒がある。久坂は蕎麦にも凝《こ》っていて、あちこち食べ歩くだけでなく、自分で打つこともあった。彼の経験によれば、手打ちの出来、不出来は材料次第ということになる。評判の高いそば屋は粉の管理を最重要に考えており、良質の丸ヌキソバを適切な温度と湿度で保管し、使用する分だけを前日か当日に碾《ひ》いて粉にする。

久坂はかねて自分でソバを植え、収穫した玄ソバを石臼で碾き、蕎麦を打ちたいという漠然とした願望を抱いていた。田舎暮らしを望む目的はそんなところにもあった。

「俺はドブロクを造り、ソバを植え、野菜を作り、山菜を採り、岩魚を釣り、自然とともに生きるぞ」

彼は酔いが回るほどに熱っぽく話かけるのであった。それは飲めばときどき聞かされていた話なので、児玉も調子よくけしかけるように励ました。

そば屋を出た二人は地下道に入って新宿駅へ向かった。駅に近づくと、地下道に住みついている人たちの姿が目立つようになった。浮浪者、あるいはホームレスと呼ばれる彼らは、柱と柱の間にダンボールで囲いを作り、毛布を持ち込んで寝泊りしている。不況が深刻になるにつれ彼らの数は確実に増えてきている。

解雇された出稼ぎ労働者もいるだろうし、倒産して逃げ出してきた元経営者がいるかも知れない。この時間、多くは眠っているが、本を読んでいる者もいる。彼らは埃にまみれた髪の毛、不精ひげ、光沢の無い顔、一様にそんな風貌をしている。

その中に真新しいトレーニングウェアに身を包んだ人がいた。その横顔に久坂は見覚えがあるような気がして足を止めた。

「おい、どうした?」

と児玉が振り向く。

「うん、知り合いに似ているんだ」

「誰が？」

「あの、柱の横で本を読んでいる人だ。横山製作所の人に似ている」

横山製作所は富士商事の取引先なので児玉も関心を示したが、その顔に見覚えはなかった。人違いかも知れない。仮に知り合いということがわかっても、声などかけられない。昨日の友、いや自分ですらここの住人になることが、まったく非現実的なことでないと思われた。

自分から好んでここに住みついた人はいないだろう。どうしようもない外圧により破局を迎え、ここに追い込まれてきたのではないだろうか。

二人は山手線に乗り、久坂は池袋で西武線に乗り換えた。常磐線を利用している児玉はそのまま上野へ回った。

三　妻の想い

久坂は帰宅していつものように着替えを済ませ、妻の泰子が煎れてくれたお茶を飲み、おもむろに今日受けた肩たたきの話を始めた。彼女は目をくりくりさせながら、日本経済の現況、会社のリストラ、希望退職のことなど夫の説明をじっと聞いていた。そして驚いた風もなく言った。

「いずれ定年がやってくるのだから、それが多少早まっただけじゃない？　幸い子供たちは心配ないし、自分たちが食べていくくらい何とかなるでしょう。退職金はちゃんと貰えるんでしょう？」

「ああ、大丈夫だ。そうだな、二進《にっち》も三進《さっち》もいかなくなっての離職と違うから、いい方に考えるしかないね。……お前がそう言ってくれると助かるよ」

しかし彼は先ほど児玉に語ったこれからのことを、どう話したらよいかためらっていた。

「それでどうするの？」

彼女が話のきっかけを作った。彼は顎に手をやって答えた。

「やっぱり旅に出るよ。もう都会生活に執着するものは何もない。これからの自分の生き方、自分が何をしたいのか、それを旅で考えてくるよ。いずれ、どこかの田舎で暮らしてみたいと思っている。お前はどうする？」

「田舎？」

彼女はしばらく考えこんでいた。彼女なりにいろいろ経緯があって、今は落ち着いた生活を送っている。その生活ペースを崩したくないという気持ちが強かった。しかし永年連れ添った夫と離れて暮らすことは、もう少し考えてみなければならない。

「一晩考えてみるわ」と彼女は言った。

夫が這うようにして寝床に入ってしまった後、泰子は居間の椅子に身を沈め、三十年にわたる結婚生活を振り返ってみた。二人は職場結婚であった。知り合うきっかけは労働組合の青年部が実施したハイキングやコーラスで一緒になったことである。

当時のＯＬにとって就職の目的の一つは結婚相手をみつけることであった。彼女らは将来を嘱望される学卒者に熱い眼差しを注いでいた。泰子もそんなＯＬの一人であった。久坂との交際は最初から双方気が合って、ごく自然のうちに進んだ。

そして結婚し、ありふれた平凡な家庭生活が始まった。彼女は結婚を機に退職し、間もなく子供が生まれた。子供は男女一人ずつ、適当な間隔をおいてできた。それからは子育てが生活の中心になった。しかし夫の生活は会社中心に回っていた。子育ては妻に一任されたようなものであった。

それでも彼女は夫に対して不満を抱いたことはなかった。ＯＬであったとき、男性サラリーマンの生きざまを見聞きしていたし、出世競争の一端を見ていたので夫の仕事優先は当然のこととして受け止めていた。

彼女の心に小波《さざなみ》が立ち始めたのは子育てが終わってからである。子供たちが家を出て行ってしまい、夫婦二人だけの生活に入ったころ、彼女は気持ちに何か曇りを感じるようになった。

子供と離れた淋しさとか、手持ち無沙汰とかで片付けられる単純な問題ではなかった。夫婦生活のマンネリという側面はあったかも知れない。しかしマンネリを感じない夫婦なんて稀というもの、その危機を乗り越えるくらいの知恵はあると思っていた。それにしても気分は晴れなかった。

夫のサラリーマン人生はまずまずのものと思う。トップにはなれなかったが、社会的に通用する上級管理職に就き、相応の報酬を得ている。彼女にはその夫を支えてきたという自負がある。子供を人並みに育てたという満足感もある。そのお陰で珠玉のような孫も授かった。

しかし、自分の一生はこれで良かったのかという疑問がじわりと湧き上がってきた。もっと自分らしい生き方があったのではないか。個性を生き生きと主張する人生があったのではないか。妻として母として役割を完璧に果たしたものの、ほとんど自分を無にしてきた半生であった。気がつけば五十台半ば、人生をやり直すにはもう遅い。

そんな心の動揺を経て、泰子は大型スーパーへパートとして働きに出た。婦人服売場に配属され、持ち前の熱心さとセンスを発揮した。売り上げがアップしてそれが評価され、仕入れや展示など主任の補佐的な仕事まで任されるようになった。自分の工夫と努力が売上に反映することに彼女は魅力を感じるようになった。

パート仲間と親しくなり、登山や絵画の会に誘われた。パートの仲間は似たような境遇にあり、おしゃべりをしていると気持ちが安らいだ。彼女はスーパーで客の応対をしたり、同好の仲間と趣味を楽しむことに生きがいを見出した。

彼女は夫の趣味である登山には随分つきあっていた。夫がポピュラーな山に興味を示さないので、地域の登山クラブにパート仲間と一緒に入った。中高年を対象としたクラブであり、近くの低山ハイキングが活動の中心であった。彼女は夫と登るうち、登山の基本だけでなく山の植物の知識も身につけた。だから入会早々の山行のとき、身支度や歩き方・野草の知識などの面で、いち早くリーダーから注目されてしまった。

そのリーダー、上岡は泰子より十歳も若い男性であった。彼は学生時代から本格的な登山を続けていて、クラブの会長と縁があるので頼まれてリーダーを務めていた。中背の引き締まった体型、スポーツ刈りが似合う浅黒い顔、そんな上岡に泰子は初対面のときから好印象を抱いた。

最初の山行の帰り、駅で解散の挨拶が終わると上岡は泰子に近づいてきた。

「久坂さんですね。なかなか山に慣れていらっしゃる。これからもよろしく」

彼はさわやかな笑顔をたたえて挨拶した。

「今日はありがとうございました。こちらこそよろしくお願いします」

泰子はそう言いながら顔を赤らめた。

「ちょっとお話していいですか」

上岡がなおも話しかけてくる様子を見て、側にいたパートの友人は
「わたし手洗いに行ってくる」

と気を利かせて離れて行った。

「ぶしつけですが、来週の土曜日、奥多摩へご一緒願えませんか。次の山行の下見です。独りではつまらないのでお願いします」

ということは二人だけで登山をしたい、と言っているのである。泰子は返答に困った。

「えっ、突然そう言われても……。ちょっと考えさせて下さい」

そう言う彼女に、上岡は電話番号をメモして渡した。

上岡が指定した日、泰子は別に予定はなかった。夫の予定を聞いていなかったことも即答を避けた理由だが、とつぜん抱きすくめられて声が出ないという気分でもあった。理不尽な力に揺さぶられながら、体が浮遊していくような感じであった。

帰宅した夫に訊ねると、その土曜日、彼はゴルフの予定が入っていた。泰子は年下の男

に誘われたことを伏せて、登山の予定を夫に話した。翌日、彼女はメモを取り出して上岡に電話をかけ同行を承諾した。

土曜日に泰子は上岡と奥多摩駅で落ち合い、愛宕山～鋸山～大岳山～御岳山というコースを歩いた。それはポピュラーなルートであり、上岡ほどの者に下見の必要はない。電話でコースを聞いたとき泰子はそう思った。下見というのは誘いの口実とわかっていて彼女はついていてきてしまった。

後ろめたさを感じることもなく、さりとて浮き浮きした積極的な気分でもなかった。ごく自然に惹かれるものに従ったというところであった。

登山コースには大勢のハイカーが行きかい、二人はありふれたカップルとして行動した。話題も当たり障りのないことに終始したが、泰子の気持ちは不思議に安らいでいた。初めての男性と二人きりという緊張感もあまり感じなかった。

御嶽《みたけ》駅に着くと上岡は

「久坂さん、お風呂に入っていきませんか。いい宿があるんです」

と泰子を誘った。彼女は、やっぱりそういうことかと思ったが

「そうねえ」

と言って、あいまいな態度をとっていた。

「とにかく、行ってみましょう」

上岡は泰子を引っ張るようにして歩き出した。

泰子は絵画クラブのときも似たような経験をしている。そのときは年上の男性からスケッチ旅行に誘われた。今まで家庭中心の生活で世間に疎《うと》かったが、人はちょっとした出会いで他人の世界へ入って来ようとする。まるで外国映画のストーリーではないか。その旅行の誘いを彼女は一顧《いっこ》だにせず断った。

上岡の後に女が一人ついて行く。映画の一シーンを観ているように醒《さ》めた目で泰子は自分をみていた。上岡は坂を下り多摩川を見下ろす古い旅館の玄関に立った。彼女はそれを離れて眺めていた。しばらくして上岡は戻ってきて
「あいにく土曜日で泊まり客が多く、入浴だけの客は入れないそうです」

その日は表面上何事もなく一日が終わった。上岡にはもともと野心がなかったのではないか、単純に汗を流したかっただけではないか、泰子はあえて自分にそう言いきかせようとした。それならまた二人だけで登山に出かけてもいい。

泰子が仕事やら家庭の雑事にまぎれて、上岡のことをすっかり放念していたとき、クラ

ブ仲間から訃報を知らされた。上岡が谷川岳一ノ倉沢の岸壁で墜落死したのだ。奥多摩へ行った半月後のことである。

あの若さに満ちた強靭な肉体でもあっけなく滅びる。命のはかなさが泰子の胸を締め付けた。クラブの仲間と通夜に参列した彼女は、上岡の笑顔の写真に見つめられて倒れそうになるほど萎《な》えていた。

一月ほど前には年齢がほぼ同じパート仲間がガンで亡くなっている。今まで肉親の死を通じてわかっていたつもりのことが、年齢の近い人や琴線《きんせん》に触れた人の死によって痛切に心に響く。悲しみはやがて、生きているうちが華だ。精いっぱい悔いの無いように生きろ、と囁きかけてくる。

泰子は自分の人生に納得して死にたいと思った。そのためには自分の心に正直に生きなければならない。わがままでもいい。やっとわがままがゆるされる境遇になったのだ。そして死は明日やってくるかも知れない。今を大切に生きようと思った。

彼女はスクラップ帳を取り出し、かつて切り抜いて貼っておいた新聞記事を探した。［熟年別居も楽しい］と題したある妻の投書である。夫が定年を迎え、田舎暮らし大好き夫と都会暮らし大好き妻が協議別居し、夫は岩手県花巻市でボランティアの農業生活に入り、妻は都会で趣味を楽しんでいる。

『夫はグループホームで農作物を作ったり園芸作業をしたり、時には温泉で体を癒したり、のんびりと過ごす日々にご満悦の様子。かたや私も映画に登山、旅行など趣味の世界でおおいに楽しみ、時にはボランティアで汗を流す』という生活。『たまにかかる元気コールも新鮮でとてもいい感じ。今はお互いの生活をエンジョイ』しているそうだ。

それは夫の啓次が望んでいる暮らし方に近い実例である。そういう形もあるのだな、泰子はそう思って床についた。

翌朝、朝食の席で彼女は言った。

「田舎暮らしのことですが、子供たちは近くにいるし、孫たちにもできるだけ会いたいので私はこの家を守っていきます。貴男のすることに口出しをしませんわ」

彼女がそう言うのを久坂はすでに予感していた。彼女は自分の半生がこれで良かったのか思い悩んだとき、胸の内を夫に語って相談したことがあった。それは一個の人間としての生き方、あるいは夫婦の関係について彼に突きつけられた問題であった。

そんな妻の悩みを観念的には理解しながら、明快な答えを出せないまま、仕事にかまけて有耶無耶にしてしまった。時の経過に任せるしかないという気持ちであった。

彼女は独りで悩み思案した末、趣味や友人関係に生きがいを見つけた。今は現在の境遇を楽しむ心境に至っている。その心境における夫の存在は無に等しい。彼にはそう思えるのであった。

いったい夫婦であることの意味は何なのか、久坂は考えざるを得なかった。彼の理解によれば、男と女が互いの愛情を求め合い、同棲することを公認された関係である。単なる男女の愛の形に止まらず、社会秩序の維持とか種の保存という役割を担っている。

夫婦生活は時の経過とともに変貌していく。結婚当初の迷いの無い愛情生活、子育て・家作りが中心となる生活、老後の枯れた二人だけの生活。老後は子と孫を含めたファミリーへ意識が傾斜する。子や孫は遺伝子でつながる、切っても切れない間柄である。もともと他人である夫婦はファミリーという絆によってようやく結ばれる。

ファミリーという意識は女性のほうが強いのではないかと久坂は思う。少なくとも彼ら夫婦の場合はそう言える。女は家族の接着剤なのだ。彼は老いてもファミリーの中に安住したくないという思いを払拭できない。やはり自分という個の存在にこだわる。この点が彼と妻との大きな違いであった。

久坂には中学校以来の肝胆相照らす友が何人かいる。その親密な友情に対して泰子があきれ顔すると、彼らは「貴女より俺たちのほうが永い付き合いなんだからな」と言う。その言い方に久坂も形而上的《けいじじょうてき》には同調する。

しかし夫婦には生活というどろどろした形而下的《けいじかてき》なものの重みが加わって、運命共同体的な連帯感が生まれる。戦友と言えるかも知れない。多くの夫婦は子育てが終われば互いに空気のような関係になる。在って当然、無ければ困る。それが永い間に培われた友情に似た信頼関係であることにふだんは気づきもしない。

信頼関係があればいつも一緒にいなければならないことはないし、別居していても別れる必要はない。そう考えると久坂は独りで旅に出るのも、田舎暮らしのことも、気が楽になるのであった。

四　さらばサラリーマン

富士商事の希望退職者が確定するまでには紆余曲折《うよきょくせつ》があった。退職勧告を受けた小倉太一は強く反発し、労組の組織を挙げてリストラ反対運動を展開していた。他の指名を受けた社員の中にも迷っている者がいた。子供がまだ学生のケースには社内の同僚たちから同情が寄せられたが、会社側が翻意するはずはなかった。

早々に勧告を受け入れた久坂の場合は後任も内定し、退職までの二ヶ月を事務引継ぎや得意先への挨拶回りで忙しく過ごした。執務中は考える暇もなかったが、勤務が終わって独りになると、何か虚しい想いが湧いてくる。それは潮騒《しおさい》のように寄せては返すのであった。

職を失う不安とか淋しさではない。自分は三十余年、何を成し遂げたのか。人間として最も活力があった時間を果たして自分らしく生きてきたか。企業という大樹の下で、ぬるま湯に浸かって惰眠をむさぼってきたのではないか、という忸怩《じくじ》たる想いである。

会社の方針には結果的に忠実に従ってきた。時には私生活を犠牲にして会社のために働いてきた。ほとんどのサラリーマンはそうしている。盲目的に流れに身を委ねてきたかといえば、時には逆らう感情を抱くこともあった。

例えば、会社の資材倉庫新設を担当したときのこと。周辺住民の強い反対に遭った。早朝・深夜のトラックの出入りに伴う騒音、大型車両による人身事故の懸念《けねん》など住民の心配はもっともと思えた。しかし計画を見直すまでには至らなかった。

子供の授業参観を妻から請われたときは休暇か遅参を一応考えてみたが、結局は彼女に任せきりであった。妻を信頼していたといえば聞こえはいいが、仕事優先で家庭をないがしろにしてきたことは否めない。

結局、会社中心の半生であった。ではどうすれば良かったのか。真に自分に合った仕事は何だったのか。自分を活かせる仕事に転職すれば良かったのか。でも個性とか能力を自分で見極めることができただろうか。できないとすれば就いた仕事で自分らしさを出すしかない。想いは堂々巡りをくり返す。

企業は組織で動く。誰が担っても同じような成果が上がる仕組みになっている。そもそも個性の発揮など重要ではないのではないか。組織の一端を黙々と担うことによって家庭を維持する報酬を得られたのだ。過去に拘泥《こうでい》するのは愚かなことではないか。

そう考えながら久坂は悔恨の念を払拭できなかった。なぜ自分の感じることや信念を大事にしなかったのか。会社では周囲の目ばかり気にしていた。絶えず右顧左眄《うこさべん》し、出る杭になるまいと慎重になっていた。減点を恐れ、冒険を避け、ことなかれ主義であった。そういう習慣は物事に対する感性や考える力を鈍らせ、信念を曇らせてしまった。いまさら悔やんでも過ぎた日は戻らない。

いま日本経済は不況のどん底にあり、そこから立ち直るためあらゆる面に構造改革が叫ばれている。組織とその運用の見直し、あるいは社員の意識改革が必須《ひっす》という掛け声。失敗を恐れないチャレンジ精神、独創的な感性の発揮などが鼓吹《こすい》されている。だが掛け声だけで企業風土が変るとは思えない。

そこには組織と個人という古くて新しい問題が深く横たわっている。なにより個の確立と自立が重要ということに、久坂のようにリストラされてようやく気づくようでは遅いのである。いや、サラリーマンというのはそういう事態に至らないと気づかない人種かも知れない。なんたって、気楽な商売といわれた時代があったのだ。

久坂は退職勧告を受けている小倉に会ってみたくなった。小倉は組合のリストラ反対運動の先頭に立っていて、なかなか時間をとれなかった。やっと都合がついた日、彼らは終業後に新宿の喫茶店で会うことになった。場所は小倉が指定してきた。彼は酒を飲めないわけではないが、何故か断《た》っているというので喫茶店になった。

久坂は入社早々の頃、名曲喫茶店へ小倉とよく行ったことを思い出した。ベートーベンに傾倒する小倉とモーツァルトに心酔する久坂は、今にして思えばあまり意味のない比較論を交わしたこともあった。小倉が組合活動に熱心になるにつれ、将来の幹部を目指す同期の者とは疎遠になり、両者の溝は深まっていった。

彼らが落ち合う喫茶店はスチールの椅子とガラス製のテーブルを備え、外から丸見えの明るい店である。薄暮の街には照明やネオンが華やかに灯り、その風景をガラス越しに眺めながらコーヒーを飲める。若い人には人気があるようだが、彼らには場違いの感じがする店であった。

久坂が先に着いて待っていると、小倉は登山帽を被りミレーの小さなザックを下げて現れた。彼の身なりはややくたびれたグレイのスーツ、皺《しわ》がよったワイシャツなどファッションには関心がないと見えた。いかにも労組の幹部という臭いとともに、岩手県の出身と知っているせいか土の臭いも久坂は感じた。

「やあ、しばらくだったな」

二人は同時に同じような挨拶を交わした。

「辞めるんだって？　そう簡単に会社の言いなりになると困るんだよな」

小倉は眼光鋭くそう言ったが、本気で怒っている風には見えなかった。脂ぎった卵形の容貌は薄くなった髪のせいか歳より老けて見える。

「君にも退職勧告があったそうだな。そんなの蹴飛ばして当然だよ。もっと上の奴らが勇退すべきなんだ」

久坂がそう言うと、小倉はかぶりを振って

「人減らしより先にやることがあるだろう。カットできる無駄はいっぱいある。役員だって多すぎる。経営者の先見性の欠如、放漫経営の責任も追及しなければならない」

久坂は経営問題を議論するために小倉を呼び出したのではないと思いつつ

「そうかも知れないが経営環境が激変してしまい、経営者は気の毒な面もあるんだよ」

「君らエリートは物分りが良すぎるんだ。唯々諾々《いいだくだく》と大勢におもねり、時の流れに身を任せているだけで何もやらない」

小倉は吐き捨てるように言った。久坂は前にもそう言われたことを思い出した。昔、同期会で集まったとき小倉が言った言葉を鮮明に思い出す。

「久坂、お前だけじゃないが、同期の奴らは会社の言いなりになりゃがって、貴様ら毒にも薬にもならん」、小倉はそう言った。

会社の方針にことごとく反対する彼とは相容れなかったが、仕事に人間らしさ、自分らしさをどれほど反映できたかと問われると、久坂は暗澹《あんたん》たる気持ちになる。小倉の言うとおり毒にも薬にもならない存在であったかも知れない。大勢に流されることで結果的に毒の役割を果たした場合があったかも知れない。

「小倉、君は立派だよ。自分の生き方に後悔はしていないだろう。常に思うところを主張し、節を曲げなかった。自分に正直に生きるということが、どれほど大事なことか、今になってようやくわかった。そう感得した俺の気持ちを君に伝えたいんだ」

久坂は胸のつかえを吐き出すように一気にしゃべった。小倉は久坂の顔を見つめ、エリートらしくないことを言うなあ、と思いながら聞いていたが、しばらくして言った。

「そう見えるかい？　心中はそんな単純なものじゃあない。俺だって迷い、もがき、ひしゃげながら生きてきたんだ。

　しかし企業べったりの生き方では、トップに出世できても心の満足は得られない。時がくればその席を去らねばならない。席を外れれば只の老人さ。そして確実に死はやってくる。そのとき自分の生きざまを振り返ってみて、どれだけ納得できるか。何か大きなもの、大義というものを生きる中心に据えていなければ、虚しさだけが残るのではないか」

　小倉は上気した面持ちでそう言って、残りのコーヒーを喉へ流し込んだ。

　久坂は大きくうなずいて言った。

「君を見ていると、宮澤賢治の言葉を思い出す。『世界ぜんたいが幸福にならないうちは個人の幸福はあり得ない』それから『まずもろともにかがやく宇宙の微塵となりて無方の空にちらばらう』、だ。若いときこの言葉を知って身体が震えるほど感動した。しかし現実には何も行動できなかった」

　久坂はしばらく間を置いてまた続けた。

「一企業のコップの中だけで考え、行動してきた自分が情けないよ。世界とか、社会とか、自分とか、家庭とか、みんな中途半端にしか関わって来なかった。気づいたときには人生の峠を越えている」

それは自分に言い聞かせるつぶやきであった。

ガラスのテーブルの下で両手を交錯させてじっと聞いていた小倉が口を開いた。

「確かに宮澤賢治は我が故郷の精神性の偉人だ。しかし現実はそんな甘い言葉だけで解決するものではない。賢治の童話だって僥倖《ぎょうこう》とか偶然によって理想が実現する話が多い。人智の限界を知っていたから、最後は神仏の力、あるいは僥倖に頼らざるを得なかったのではなかろうか」

二人はしばらく賢治の作品や生涯について語り合った。小倉は賢治の作品に深い共感を示しつつ社会の現実と対比させて、一定の距離を置いて理解していた。

久坂にとっては社会の問題まで考える余裕はない。失った自分、人間として自立できなかった自分のアイデンティティを確認する手がかりとして、賢治に頼るしかないという心境であった。

賢治は熱心な法華経信者であった。自分の生涯の務めは法華経をできるだけ多くの人に届けることであると言った。しかし久坂は法華経が賢治のアイデンティティとは思わない。

法華経が賢治を理解する重要なキイとは考えない。賢治は法華経を遥かに超えた宇宙的な大きな存在なのだ。

高村光太郎が星雲的実質物と評した童話には、宗教の臭いがしない宗教的な作品が多々ある。その崇高さは読者に深い感銘を与える。それは法華経という特定宗教を遥かに超越した、人類共通の理念として誰の心にも染み入ってくる。

そういう理念を堅持し続けたことが人間として偉大なのだ。久坂は賢治になぞらえるつもりはなかったが、小倉も同郷の出身ということに興味を抱いた。賢治が名づけたイーハトーヴ（岩手）には何故か引かれるものを感じて訊ねた。

「君の故郷って、岩手の何処？」

しばし空白の時間が流れた。

「……うん、北上線の奥のほうだ」

小倉はネオンきらめく外を見やりながら答えた。その顔には何故かくもりがあった。

「いい所なんだろうね」

山々に挟まれたローカル線の沿線に、鄙びた集落が点在する風景を思い浮かべながら久坂が言うと

「自然はいいけど村は封建的閉鎖的で、陰湿な所があって嫌いだ。子供のころ俺はずいぶん嫌な目にあったよ」

と小倉は顔をしかめ、さらに続けた。

「実は俺は山村民の出なんだ。幼児のころ小倉家の養子となって集落で育ったが、実の親や兄弟は未だに山で生活している」

山村民とは聞きなれない言葉である。

「山村民って、山窩《さんか》のこと？」

「いや、山窩は警察が作った用語で定義はあいまいなんだ。明治維新以降、人々の定住化が進んだが、昔ながらの自然生活を続けていた人たちを取り締まる必要が生じたとき、出自がよく分からないので、便宜的に山窩という言葉でくくったのだ」

小倉の解説によれば、昔は遊行民《ゆぎょうみん》と呼ばれた漂泊民が沢山いた。商人、山村民、漁民、芸能者などは住所を定めず、各地を転々として自然の中で生活していた。自然の中で収穫したもの、竹木を加工したもの、自分の芸などを里人と物々交換して生活していた。

明治政府が国家管理を強化するにつれ、遊行民はアウトサイダーとして差別されるようになった。今ほとんどの遊行民は定住化し、里人と同化した感がある。しかし村には底流に出自による差別意識が根強く残っている。

「最近、田舎暮らしとかアウトドアが注目されているが、それは都会生活の裏返しに過ぎない。スタンスはあくまで都会なのだ。ほんとうに田舎に入り込んでいき、遊行民の末裔の悲哀を理解できる人は皆無であろう」

小倉がそう言うのを聞いて、久坂は自分の田舎指向に思いがけない照明が当たったように感じた。田舎にはまだまだ未知の領域がある。いや、思い返してみれば漠然としたものではあるが、そういう予感は前からあった。

岩手に限らず山村の生活には何か得体の知れない混沌としたものが潜んでいる。それは賢治の作品にも何処かにくすぶっているような印象を抱いていた。

賢治の童話には森や動植物の擬人化、雪婆《ゆきば》んご、雪狼《ユキオイノ》、山男、河童、座敷童子《ぼっこ》など土俗の異形が登場する作品が幾つもある。いずれもイーハトーヴというフィルターでろ過されて透明な物語に純化されている、というのが愛読者や評論家の見方である。

しかしひと昔前まで民の生活には素朴という言葉では括りきれない、土俗のどろどろしたものが淀んでいた。天災や圧政による飢饉のときは、夜逃げ、逃散《ちょうさん》（権力に対抗する集団逃亡）、娘売り（人身売買）、餓死、自殺など悲惨な出来事があった。

いや非常時だけでなく平時においても、貧しい民の日常では間引き（嬰児《えいじ》殺し）や棄老《きろう》（姥捨て）など闇の所業が秘かに行われた。決して平然と行われたわけではない。彼らは贖《しょく》罪《ざい》の意識から座敷童子など異形《いぎょう》の者を幻想したのではなかろうか。小倉の感想からそういうおどろおどろしいものが想像された。

久坂は自分が指向する漂泊は、そういうどろどろした世界へ足を踏み入れる旅かも知れないという漠然とした思いにとらわれた。

富士商事では希望退職に応じた者の退職式が六月末に行われた。久坂たちは形ばかりの儀式をもって会社を辞めた。だが小倉太一は退職勧告に抵抗して会社に留まっていた。

久坂は永い社歴の中で所属した複数の部署から送別会に招かれた。しかし最後の日は同期入社の児玉と飲むために空けておいた。サラリーマンとしての最後の日、彼と児玉はいつもと変わりなく日本酒を飲み、語り合った。

相当出来上がったところで彼らは上野へ足を伸ばした。児玉が面白い店があると誘ったからである。彼らは新幹線のコンコースのほうへ歩いて行き、ＪＲが経営する回転寿司店に入って酒を注文した。ボックス型の席に座っていれば、脇を寿司の皿が次々に流れていく。

車窓を寿司が移動していくような趣である。

酒はガラスの一合壜で出され、［北斗星］というラベルが貼ってあった。メーカーは宮城の酒蔵である。宮城には［浦霞］、［沢の泉］などいい酒があるから、きっと旨いだろうと思いながら、互いに注ぎあって乾杯すると、ちょっとくせのある味わいが喉を通った。

「青森の田酒に似てないか？」

と児玉が感想を言った。それに応えず、久坂は独り言のように語り出した。

「北斗星か。今夜の北斗星は三本とも北国を目指して出発してしまった。今頃はイーハトーヴの真っ暗な田畑や山地の中を、唯一光を放ってまっしぐらに北へ向かっているだろう。車窓には遠くの人家の灯りが星のように走り去っていく……」

天井を見上げる久坂の目は遠くイーハトーヴの原野に焦点を合わせているかのように、朦朧《もうろう》としていた。

「イーハトーヴって何だい？」

児玉が訊《き》いた。久坂はいったん閉じた目を開いて

「宮沢賢治を知っているだろう？」

と言った。児玉は、うんうんとうなずく。

「イーハトーヴは賢治がイメージした理想の世界だ。彼の言葉を借りれば、罪や悲しみでさえ、そこでは聖くきれいに輝いている。彼は花巻の人で、その周辺、岩手県の自然と人情をこよなく愛した。彼の心象を通して昇華された岩手、ドリームランドとしての岩手を彼はイーハトーヴと呼んだのだ」

「だけど変った呼び名だね」

「エスペラント語風の呼び方なんだ。賢治はエスペラント語に関心を持っていた。ポーランド人のザメンホフという医師が、今から百年も前に考案した国際語で、エスペラントは［希望者］を意味する。人類が共通の言語でコミュニケーションをはかるなんて、これも理想の世界だね」

児玉は久坂の家の書棚に宮沢賢治全集がずらりと並んでいたことを思い出した。久坂は賢治の話を滅多にしなかったが、その傾倒の並々ならぬことに児玉は気づいていた。そして言った。

「イーハトーヴが君の目指す田舎かい？」

「いや、それはわからん。しかし訪ねてみなけりゃならない国ではある…」

そう言ってから久坂はネクタイを外し始めた。ヨーロッパ出張の土産として門田常務から貰った品で、今日初めて絞めてきたものである。

「おい、これを君にやる。サラリーマンにおさらばする僕にはもう用はない。僕の形見だ。くたびれたら捨ててかまわない」

彼は外したネクタイを児玉に渡した。

「形見だなんて変なことを言うなよ」

児玉は受け取りながら言った。

「捨てる形見なんてないよな。しかし僕は捨てるんだ。捨てよ、捨てよ。一遍上人の声が聞える。身についた垢や余分なものは捨てる。捨てなければ次の生は始まらない」

そう言いながら久坂はワイシャツのボタンを外して首を二、三回まわした。

「今度は一遍かい。あの踊り念仏の」

と児玉が茶化す。

「念仏踊りはどうでもいいんだ。しかし一遍、またの名を遊行上人、この人の言葉は凄いね。極楽往生の勧進《かんじん》とは別のラディカルな強さがある。例えば
『往生の時期を失すべからず』

『葬礼の儀式をととのうべからず、野に捨てて、獣にほどこすべし』などだ。捨てなけれ

ば己の再生はないと思う」

そう言う久坂の顔色は穏やかであった。

二人は店を出て帰途につくため、ＪＲの乗り場へ移動を始めた。常磐線、山手線、京浜東北線、京成線が通勤客を運んでくるので、通路は我が家へ帰る勤め人の群れでごったがえしていた。久坂は行き交う人々の群れに圧倒された。

みな一様に靴音を立てて足早に過ぎていく。まるでロボットの人形が一斉に押し寄せてくるような圧迫感があった。畜舎へ戻る羊の群れとも思えた。カッ、カッ、カッという靴音が彼の耳から頭の中へ反響した。

中にパンを齧《かじ》りながら、しかもスピードを緩めず一心に突き進んでくる若い男性がいた。掛け持ちの仕事へ向かう途中なのか、残業を終えて空腹に耐えられないのか事情はわからないが、楽な生活ではないだろうと推量される。非正規とかパートとか、身を削るように働かざるを得ない人が増えてきた。生活という濁流をみな必死に泳いでいる。会社とは何だ。労働とは何だ。何のために働くのか。人間らしい働き方なんてあるのか。久坂の頭の中をさまざまな想いが渦巻く。

帯のように流れる人々の顔を見ればごく普通の老若男女である。家路へ急ぐ平凡なサラリーマンであり、昨日までの自分も同じであったのだ。彼はいいようのない徒労感に襲われた。皆さまざまな感情を抱いているのに仮面を被り、追い立てられる羊のように急いでいる。彼は異様なものを眺めている気がしてきた。

この閉塞感はもう御免だ。何か思い切ったことをしなければ吹っ切れない。三十数年の家畜のような平凡な都会生活が終わる。風船の糸が切れた。糸が切れた風船は大空へ舞うしかない。もはや飛ぶしかない。

「そうだ、今夜の夜行列車に乗ろう。今日は僕にとって記念すべき日だ。今日が新しい人生への旅立ちの日だ」

久坂の突然の宣言を聞いて児玉は目を白黒させている。何か言おうとしたが、久坂はそれを制して言った。

「家には電話をしていくから心配いらない。なに、ほんの二、三日の下見だ」

五　イーハトーヴへ

近ごろは寝台車以外の夜行列車はほとんど姿を消し、夏休みなど限られた時期だけに運転される季節列車となってしまった。昔、夜行列車を利用してよく登山に出かけたので、久坂は夜行に郷愁があった。その日、七月上旬に山開きが行われる岩手山や八甲田山の登山客を当てにした青森行きが運行されていた。久坂は行き先を定めずその列車に乗ることを思いついた。

児玉はせめて発車を見送ると言ってきかなかったが、久坂が強く断ると、酒の［北斗星］を差し入れて帰っていった。何度も手を振りながら階段を登って行く親友が見えなくなると、永年のサラリーマン生活が本当に終わるという実感が湧いてきた。

彼が乗車したとき、発車までまだ三十分ほど時間があった。車内のあちこちに空席があり、中ほどの誰も座っていないボックスを選んだ。進行方向に向いて窓際の席に腰掛け、児玉の差し入れを窓辺に並べた。今日受け取った辞令など書類が入った紙袋を座席に置き、電話をかけるためいったん列車を降りた。

公衆電話はホームの階段下にあった。指は無意識のうちに自宅の番号をプッシュしている。無音の時間が流れる。夫の身勝手な行動に妻はどう反応するだろうか。続いて呼び出し音。受話器が取られて

「久坂でございます」

その声は遠い所から聞えてきた。

「えーと僕だけど、泰子?」

「お父さん?　恵理子です」

電話の相手は長女であった。

「やあ、来ていたのか。母さんはいる?」

「はい、今代わります」

しばらく間を置いて泰子の声がした。

「今どこ？　今日は子供たち皆来てくれているのよ」

サプライズを狙って彼には知らされていなかったが、永年の労苦に感謝するため家族が集まってくれたのである。

「いや、済まん。児玉と飲んで別れたところだが……」

彼はここでちょっと言葉を詰まらせた。常識的には急いで帰るべきなのである。家族の暖かい慰労を受けるべきなのである。

何日か後には妻への謝恩を籠めて、何処か鄙びた温泉へ行って永年の心身の垢を落とす。それが常識的なやり方である。雇用保険を貰えるうちは今までできなかったこと、読書、絵画展巡り、映画鑑賞、庭いじりなどをマイペースでやって過ごす。その後は先輩や知人を頼って第二の職探し。

それでは元の木阿弥《もくあみ》ではないか。自分の意志を殺して流されてきた生活にまた戻ろうとするのか。捨てろ、捨てろという一遍の声が聞える。一遍は三十六歳の年、家や土地など所領一切を捨てて遊行・念仏布教に出た。そのとき妻子らしい尼を同道したが、同年熊野へ勧進に出るときは、族縁を断ってたった一人となった。

西行出家の理由は仏教への帰依説、高貴な方にかかわる失恋説など、諸説があるが真実のところはわからない。西行は出家に際して、すがりつく幼い娘を無情にも縁側から蹴落として俗界に決別したという伝説がある。

久坂の頭の中を一瞬それらのエピソードが過ぎった。

「泰子、悪いが、今晩の夜行で旅に出る。行き先は東北。着いたら電話する」

受話器の向こうで妻は「えっ」と言ったきり黙っている。

彼はその沈黙に向かって事務的に言った。

「退職の手続きは全部済んでいるが、お金の振込みだけ確認しておいてくれ。何かあったら児玉に相談して下さい」

続いて二人の間でかみ合わないやりとりがあった。泰子は夫が何を考えているのか理解できなかった。久坂は妻が不審に思う気持ちは解る。しかし今飛ばなくては時期を失するという、他人には決して理解できない風に押されて走り出している。もう止められない。妻が釈然としないのを承知で彼は電話を切った。

退職に伴う実質的な手続きは事前に済んでいるので、家へ持ち帰らなければならない書類は何もなかった。座席に置いた紙袋の中身は形式的なものばかりで、保存して置く気にならない。退職の辞令など保存する意味がどれほどあろうか。

人はいつも理路整然とした行動をとるとは限らない。ときには理由付けのできない突飛なことをする。自分でも理解できないデモーニッシュな力に突き動かされて飛び跳ねてしまうことがある。そういう己を冷ややかに見つめている自分もいる。久坂は賢治の詩『春と修羅』の一節を思い出した。

『唾し／はぎしりゆききする／おれはひとりの修羅なのだ』

あの菩薩のような賢治ですら阿修羅のように心が荒ぶるときがあった。

妻の泰子は夫の非常識な行動を理解できない一方、今までにも似たような仕打ちに合っていると思った。登山で何日も山に入ったときは何処にいるのか、無事なのか、連絡のつけようのない日が続いた。最初のうちは帰宅するまで心配し続けたが、いつの間にか慣れてしまい、無事戻ってくるのが当然と思うようになった。

今度のことは登山よりは安全と思える。彼女はそう考えて自分を納得させた。

久坂は電話を終え、両手を上げて大きく伸びをした。季節は梅雨時で辺りの空気は心なしか湿っぽかった。プラットホームは閑散としていて、等間隔に点《とも》る蛍光灯は白々とした光を放散し、当てどもなく夜汽車で北へ向かおうとしている久坂の心象風景を象徴しているようだった。

久坂が車内に戻ってみると、紙袋を置いた席の前に一人の乗客が座っていた。その男は上目づかいに、にっこりと笑って言った。

「こんばんは。ご一緒をお願いします」

「どうぞ、どうぞ」

と久坂は応じ、紙袋を網棚に上げてから座った。彼の持ち物はそれだけである。前の男とちらっと目が合った。どんぐりのように尖った頭、長い鼻などが特徴である。珍しいことにグリーンのコートを着ている。男は目を細めながら訊いてきた。

「どちらへいらっしゃるんですか？」

久坂はちょっと間を置いて
「どこまでも行くんです」

と答えて頭をかいた。すると男は
「まるでジョバンニですね。

『それはいいね。この汽車はじっさい、どこまでも行きますぜ』

と鳥捕り男に代わってお答えしましょう」

どんぐり男の台詞《せりふ》を聞いて久坂は酔眼をパッと見開いた。

このやりとりは宮沢賢治の童話『銀河鉄道の夜』でジョバンニと鳥捕り男が交わす会話そのものなのだ。

銀河鉄道に乗り合わせた鳥捕りの赤ひげ男は茶色の少しぼろぼろの外套《がいとう》を着て、白い布でつつんだ荷物を、二つに分けて肩にかけていた（以上は童話の記述）。白いつつみの中には鶴や雁の押し葉が入っていた。赤ひげに勧められてジョバンニは押し葉の鳥を食べてみたが、それはチョコレートよりおいしいお菓子だった。

「いやあ、賢治を知る方と同席できるとは何たる幸せ。乾杯しなくちゃあ」

久坂はニコニコしながら窓辺の酒［北斗星］とプラスティックのコップを男に渡した。

「こりゃあ、恐れ入ります。滝沢です」

「久坂と申します」

二人は名乗りあって乾杯した。滝沢は目をいよいよ細め、鼻をますます長く伸ばしたような顔つきをして旨そうに飲んだ。久坂の黒ぶちのメガネは鼻先にずれ、鼻の頭はテカテカ光っている。

やがて列車は動き出し、様々な灯りが流星のように車窓を去っていった。東京での三十数年の生活は長かったとも、あっけなかったとも思える。過去は窓外の灯りのように遠くへ去っていく。久坂は『北帰行』という歌を頭の中で歌った。

「窓は夜露にぬれて
都すでに遠のく
北へ向かう旅人ひとり
涙ながれてやまず…」

過去と決別する旅の歌は不思議に北へ向かうものが多い。南や西では心情的にそぐわない。久坂の場合、北にイーハトーヴという憧憬の地があり、はからずも一遍も西行も北へ旅をしている。

西行は能因法師の歌枕を訪ねて北上し、冬の平泉に滞在した。一遍の祖父河野通信は平家を壇ノ浦で滅亡させた戦に功のあった人であるが、承久《じょうきゅう》の乱のとき朝廷側についたため奥州江刺《えさし》へ流された。一遍は祖父の回向《えこう》のため江刺の墓に詣でた。

久坂は北への憧憬《しょうけい》に駆り立てられ、思い出も捨ててサバサバすると思ったが、まだ何か胸につかえるものがあった。妻に不意打ちを食らわすようにして旅に出るのは、やはり理不尽というほかない。怒るというより呆れている妻の顔が浮かんだ。

どんぐり頭に再び行き先を訊ねられた久坂が、本当に当ても無い旅であること、旅に出る事情とか心境の一端を話すと、滝沢は真顔になって妙な話を切り出した。

彼は東西生命という保険会社の調査員で、岩手県の滑床村《なめとこむら》地域へ向かうところであった。その村周辺へ旅行に出かけて行方不明になった例が続いており、七年経って失踪宣告による保険金請求のケースが発生した。保険会社としては失踪者の旅行先について、その環境や事故・事件の有無などを調査しなければならない。

すでに電話や文書により滑床村役場へ問い合わせ、今回の調査訪問も予告してある。観光を柱にして地域を活性化させたい村では、行方不明という噂が広まっては困る。事態を解明し不名誉な噂を打ち消すため、調査に全面的に協力すると言ってきている。

「ですが私は内々に調べてみたいんです。そこで実に厚かましいお願いですが、貴方に一時的に私の身代わりになって頂けないでしょうか」

滝沢という男は意外なことを申し出た。

「身代わり？」

久坂はびっくりして叫んだ。滝沢は制止するように手を上げ、周囲を見回して
「ええ、貴方に調査員を演じてもらっている間に私は独自に歩き回ってみたいんです。村側に案内してもらうと、思うように調査できないからです。今回はまるで手掛かりがない

ので、歩いてみるしかないと思うんです」

身代わりとして現地では一応調査する振りをしながら、数日間ぶらぶらしていればいい、と滝沢は言った。実際に調査して報告することは何も無い。数日すれば滝沢が表に現れ、ペアで調査していたことにして辻褄《つじつま》を合わせる。その間の宿泊代は保険会社で負担する。何ら迷惑はかけないと言う。

滝沢の話を聴いているうちに久坂は、他人を演じることに強い興味を抱いた。一時的にしろ自分を捨てることになる。捨てることによって何か見えるかも知れない。

一遍上人の『捨てる』ということはそんな生易しいものではない。身代わりの話も捨てなければならない。全てを捨てて風になる、あるいは獣にこの身をくれてやる。そこまでいかなければ捨てることにならない。「しかし」と久坂は思う。まだそこまで覚悟はできていない。ここは乗りかかった船に乗ってみるか。

「変な話だがやってみましょう」

久坂が応じると、滝沢は細部の指示を始めた。まず久坂の身分を証明するものを極力隠すこと。滝沢は紐付きの小さな布袋を取り出し、そこへ運転免許証・キャッシュカードなどを入れて肌身につけるよう提案した。久坂は持ち物を区分し、退職辞令・名刺などは破って捨てた。

滝沢はグリーンのコートを脱いで久坂に渡した。コートを調査員の目印として常滑村へ伝えてあったからだ。二人は身長・体型が似ているので、ネーム入りの背広も交換した。久坂用として滝沢の名刺をビニール製のケースに入れた。ケースには調査用紙と筆記具も入っている。久坂は保険調査員滝沢映作に成り変るのだ。

久坂はビニールケースから調査用紙を取り出した。用紙の上に事件の概要を記したコピーが付いている。酔った目で活字を拾い読みしていると
「滝沢さん、滝沢さん」

と本物の保険屋が呼びかけてきた。呼ばれているのは自分だと偽者が気づくにはしばらく時間がかかった。

「ああ、そういうことか。僕のことか」

と偽者は気づいた。本物は続ける。

「その概要を読めばわかりますが、行方不明者は矢沢安男、当時二十四歳で独身。無断欠勤が続いたので勤務先から実家へ連絡され、捜索願が出された。勤務先の休暇願に申告されていた旅行先の滑床村を調査したところ、同村の旅館に二泊し、平成八年十月十五日の朝、

旅館を出て以降足取りは不明となっている。写真が趣味で、旅行目的は紅葉の山村風景を撮影することと思われます」

本物の保険屋はこの事件について今まで検討したケースを列挙した。まず生存と死亡に分けて、前者には

⑴記憶喪失になり何処かで保護されている
⑵自分の意志で姿を消した
⑶他人の秘密に関わったため幽閉監禁されている

などが考えられる。後者には、

⑷山で迷い死亡
⑸自殺
⑹他殺

などが考えられる。他殺には熊など野獣に殺された、所持金目当ての強盗殺人、他人の秘密に関わり口封じのため殺された、など幾つかのケースが考えられる。

生存していれば何らかの情報があるはずだから、死亡の可能性が高い。入山を目撃したなど具体的な情報があれば山狩りも考えられるが、そのような情報はない。ただ幽閉監禁

のケースについて、現地の不審な箇所を調べてみる必要はあるかも知れない。それとて非現実的な話だから調査の収穫は期待できないだろう。

「いくら考えてもこんなところでしょう」

と本物の保険屋は言った。滝沢の説明を聞いているうちに久坂は猛烈な睡魔に襲われた。ビニールケースが彼の手から滑り、床に落ちた。滝沢はそれを拾って膝に置き、目を閉じた。周囲の疎らな乗客も静かに眠っている。列車だけが目を輝かせ、生き物のように闇を引き裂いて北へ驀進して行った。

「滝沢さん、滝沢さん」

と誰かに呼ばれ、ゆさぶられているのに気づいて久坂は目を覚ました。どんぐり男が覗きこんでいる。

ああ、保険屋か。滝沢か。……彼と俺は入れ替わる約束だったな、と久坂は昨夜のことを思い出した。

「モリオーです。降りましょう」

と保険屋が言った。

「モリオー?」、久坂は即座に盛岡のことと覚った。宮沢賢治は地名をエスペラント語風に呼び、仙台をセンダード、花巻をハナムーキャなどと、作品の中で呼称している。

二人は駅舎を出て、バスの乗り場を確認した。彼らが目指す滑床村は盛岡からバスで二時間もかかる山奥にある。始発まで間があったので、彼らは洗顔したり駅前をぶらぶらして時間をつぶした。

空は白い雲に覆われていたが隙間から薄日が射してくる気配もあった。七月に入ったのに外気は冷涼でコートや背広を着ていても暑くなかった。街の人通りはまだ少なく、ときおり車や自転車が現れては通り過ぎて行った。

出発時刻になったが乗客はまばらだった。バスはスムーズに市街をぬけ、トラックが疾走する街道に入った。周囲には稲田の緑が延々と広がり、遠くの山並みは稜線に残雪を光らせている。道は山合《やまあい》に入っていき新緑の樹々を縫って進んだ。

久坂は稲田や山々の緑の鮮やかさに目が洗われるように感じた。都会生活で忘れていた日本の原風景に接して快かった。時折射し込んでくる薄日が周囲の山々に濃淡の緑を塗り変えていく。その変化を面白いと思って眺めているうちに眠りが襲ってきた。

バスはゆるゆると山間をたどって行く。

「着きましたよ」保険屋は低い声で久坂を起こし「私は終点まで行きますが、貴方はここで降りてください」とうながした。

バスはこの先三十分かけて終点の温泉まで行く。久坂は偽の保険屋を演じなければならないことを改めて覚悟し、グリーンのコートを着用してバスを降りた。

バス停付近には村役場のほか雑貨屋、居酒屋、旅館など商店が集まっている。そのひと固まりの家並みの外れからは田んぼや畑の起伏となり、遠くに農家がぽつりぽつりと見えるだけである。

久坂は保険屋に教えられたとおり旅館を訪ねた。旅館といっても行商が利用する商人宿である。磨りガラスに［銭屋旅館］と透明に浮き彫りされた戸を開けて声をかけた。

「はーい」

明るい声がして、歳のころは三十歳前後、割烹着姿の女が顔を出し

「おでんせ（いらっしゃいませ）。保険会社の人だべ。待ってたべや」

と迎えた。彼女は中肉中背で涼しげな瓜実顔《うりざねがお》である。髪を巻き上げ、くしけずった襟足が美しい。続けて言った。

「緑のコート着た保険会社の人がござると聞《き》でおりゃした。役場へすぐど知らせますんで、まずは上がってけれ」

「ありがとう。しばらく滞在するのでよろしく」

「んだんだ、部屋ば用意しておくよう助役さんから言われてるから」

彼女はハキハキと応える。何から何までお膳立てされている。しばらくはそれに乗っかっていれば良いようだ。

彼は一階の奥の部屋へ通された。床の間に山水の掛け軸、柱や建具は年代を経ているが手入れが行き届いていて、そこが一番上等の部屋らしかった。女が茶を運んできた。

「早速ですが私の訪問の目的はご存知ですね。行方不明の矢沢安男さんが宿泊したときの宿帳を見せていただけませんか」

彼はこの件にそれほど関心はなかったが、保険屋の身代わりを演じる以上これくらいのアクションを見せる必要があると考えた。

「わがってるから。いま持ってくるから待ってけろ」

女はそう言って部屋を出て行った。久坂は独りになって茶を啜り室内を見回してしばらく時を過ごした。行方不明の矢沢という男もこの部屋に泊まったのだろうか、などと考え

郵便はがき

料金受取人払郵便

小石川局承認

5505

差出有効期間
平成30年7月
20日まで

112-8790

085

(受取人)
東京都文京区小石川3-1-7
エコービル

㈱展望社行

フリガナ		男・女
ご氏名		年齢 歳
ご住所	〒 ☎ ( )	
ご職業	⑴会社員(事務系・技術系) ⑵サービス業 ⑶商工業 ⑷教職員 ⑸公務員 ⑹農林漁業 ⑺自営業 ⑻主婦 ⑼学生(大学・高校・中学・専門校) ⑽その他 職種	
本書を何でお知りになりましたか	⑴新聞広告 ⑵雑誌広告 ⑶書評 ⑷書店 ⑸人にすすめられて ⑹その他 ( )	

愛読者カード
「イーハトーヴ奇談」

■お買い上げ日・書店

年　　月　　日　　　　市区町村　　　　　　書店

■ご購読の新聞・雑誌名

■本書をお読みになってのご感想をお知らせください

■今後どのような出版物をご希望ですか？ どんな著者のどんな本をお読みになりたいですか（著者・タイトル・内容）

ホームページを開設しました http://tembo-books.jp/

てみた。

玄関の戸がガラッと開く音がして、間もなくガッシリした赤ら顔の男が現れて挨拶した。

「遠いところさ大変だったべあ。わだすあ村の助役の小倉でがす」

「はじめまして、東西保険の滝沢です。よろしくお願いいたします」

二人は名刺を交換した。助役の名刺には［小倉太造《たいぞう》］と記されていた。久坂は富士商事で同僚だった小倉太一もこの辺の出身だし、同姓ということは何か縁があるのだろうか、と関心を抱いたが、偽者としては余分な話はできない。

助役は年齢五十台半ば、顔は角張っていて赤ら顔、白髪交じりだが眉毛は黒くて太い。怒ったら恐そうな顔だが、精いっぱいの笑顔を見せて話し出した。

「ひでえ山の中でたまげたべ。こが宿はわだすの甥がやってたけんど、はやくに亡くなったはんて今ばその嫁ごが継いでいます。どうか楽にしてけれ」

最初に迎えてくれた女がその嫁で、女将《おかみ》と呼ぶべき人であることがわかった。

それから助役は村の概要を説明した。どこにでもある過疎の山村だが、自然だけは自慢できる。その自然を観光の目玉にして活性化を図ろうとしている。その一策は村長のアイディアであるが、宮沢賢治の人気を利用することである。

賢治と聞いて久坂は大いに興味を覚えた。詩人であり童話作家であった賢治は地理的に近い花巻の人である。花巻は滑床村の山を越えた東側に位置する。賢治の作品は死後に高く評価されるようになり、心酔するファンは年々ふえている。

その人気にあやかって、村の観光スポットに賢治の作品から引用した名称をつけている。それに引かれて村を訪れる旅行客もいる。行方不明の矢沢もそれらの場所を訪ねたかも知れない。保険屋としては見逃せない場所と思える。もっとも賢治ファンとして興味を抱くほうが先であったが。

女将が宿帳を持ってきた。平成八年十月十三日、矢沢安男が記入したページが開かれていた。到着日と出発予定日を見ると二泊したことになる。捜索願が出され警察の調査があったので、当時のことは女将の記憶にはっきりと残っていた。矢沢は予定どおり二泊して出て行った。特に変わったところのない普通の勤め人風だったという。

「もは（当然）、家さけえったと思ってただらや、たまげたもんだ。警察の捜索ではなんも手がかりはねがったんだ。なじょすたんだべな」

と言う助役の顔には、迷惑な事件だと思っている様子がありありと表れていた。

村内を一巡することになり、助役は黄色いプレートの付いた白い軽自動車を運転して保険屋を案内した。まず東の山へ入り、くねくねした林道を幾曲がりもして「なめとこ山遊歩道」という標識のある駐車場に着いた。助役は常緑樹に覆われた暗い遊歩道と、深い谷底をのぞきこみながら説明を始めた。

「この山道ば行くと中山峠に出られ、その先の花巻側には大空滝がありやす。中山街道とか大空滝という地名は賢治の童話『なめとこ山の熊』にきゃで（書いて）ある。作者は地名を単に借用しただけんども、都会から来た人は『昔はそのへんには熊がごちゃごちゃ居たさうだ』という童話の一節を思い出して、臨場感に浸るんでがす」

……偽保険屋は賢治ファンの久坂啓次に還って、童話の感銘深い一節を思い浮かべた。

『なめとこ山の熊のことならおもしろい。なめとこ山は大きな山だ。淵澤川はなめとこ山から出て来る。なめとこ山は一年のうち大抵の日は、つめたい霧か雲を吸ったり吐いたりしてゐる。まはりもみんな青黒いなまこや海坊主のやうな山だ。』

『そこであんまり一ぺんに言ってしまって悪いけれども、なめとこ山あたりの熊は小十郎をすきなのだ。（中略）まったく熊どもは小十郎の犬さへすきなようだった。』

……銃を構えた小十郎に向かって熊は言う。

『お前は何がほしくておれを殺すんだ。』

……それに対して小十郎は答える。

『ああ、おれはお前の毛皮と、胆《きも》のほかになんにもいらない。それも町へ持って行ってひどく高く売れるといふではなし、ほんとうに気の毒だけれどもやっぱり仕方ない。けれどもお前に今ごろそんなことを言はれると、もうおれなんどは何か栗かしだの実でも食っていて、それで死ぬならおれは死んでもいいやうな気がするよ。』

……射ち殺した熊に向かって小十郎は言う。

『熊。おれはてめえを憎くて殺したのでねえんだぞ。おれも商売ならてめえも射たなけあならねえ。ほかの罪のねえ仕事をしてえんだが畑はなし、木はお上《かみ》のものにきまったし、里に出ても誰も相手にしねえ。仕方なしに猟師なんぞしているんだ。てめえも熊に生まれたが因果なら、おれもこんな商売が因果だ。やい。この次は熊なぞにうまれなよ。』

……童話の最後の部分も心に残る。山で小十郎は熊に殺される。熊は『おお小十郎、お前を殺すつもりはなかった。』と言う。熊たちは愛する小十郎の葬式を厳かに行う。

『（略）黒い大きなものがたくさん輪になって集まった。それらは雪に黒い影を置き、フイフイ教徒の祈りのやうに、じっと雪にひれふしたまましまいつまでもいつまでも動かなかった。

そしてその雪と月のあかりで見ると、いちばん高いところに小十郎の死骸が半分坐ったやうに置かれてゐた。思ひなしかその死んで凍えてしまった小十郎の顔は、まるで生きてゐるときのやうに冴え冴えして何か笑ってゐるやうにさへ見えたのだ。それらの大きな黒いものどもは、琴の星が天のまん中に来ても、もっと西へ傾いても、じっと化石したやうにうごかなかった。』

……久坂はこの童話を涙なしに読むことはできない。熊捕りの名人淵澤小十郎と熊たちの因果の哀れさ、豪気な山の主の小十郎が商人に対したときのみじめさ、それは生きることのむごさと、経済社会の非情を抉《えぐ》り出して見せてくれる。

偽保険屋は助役に訊いた。

「行方不明者がこの遊歩道に入った可能性もあるし、明日にでも歩いてみたいんですが、迷うことはありませんか」

「この頃は整備してねぇんで荒れてるじゃ。通れねぇことはねぇが、あんまし行かねほうがいいと思うんだべぇ」

勧めたくないという口振りである。

二人は再び乗車し、往路を戻って村の北端にある温泉施設へ向かった。村ではそこを［銀河高原］と名づけ、レストラン、牧場などの関連施設を設けている。温泉は週末には盛岡方面からの来訪者が多く、順調に経営している。広々として明るい浴場、サウナと露天風呂、畳敷きの広い休憩所など、日帰り温泉としては申し分ない。

行方不明者の調査にはあまり関係が無さそうな場所なので、視察を早々に切り上げ、二人は昼食をとることにした。温泉の隣にレストランがあり広々としたスペースを有している。彼らはその一角に座ったが、周囲はがらんとしてまるで空いていた。

偽保険屋は眺めるとも無く周囲を見回していたが、ある一点に気づいて目を見張った。奥のガラスの扉に［注文の多い料理店・山猫軒］という文字を発見したのである。これも良く知られた賢治童話の題名である。

「あそこに山猫軒という文字が見えますが、やっているんですか」

と偽保険屋は目を輝かせて訊いた。

「あそごは入り口で、廊下をずんと奥の方さ入って行くんだ。いつもは営業してねぇんだ。季節の特別の材料が手さ入ったとき、村長がお客さん呼んで開ぐだけだ」

と助役はものうげに答えた。

「他に何処か見る所はありますか」

偽保険屋が訊くと、助役は考えた末に
「物産所だべか。椎茸とか、岩魚とかを生産してるだ」

「椎茸山っていうのは賢治の童話『税務署長の冒険』に出てきますね。変装して密造酒の探索にきた税務署長が、椎茸山に近づきながら密造工場を発見する話ですよ。署長は工場に忍び込んだところを見つかり、縛られて木に吊るされてしまう。これは村ぐるみ口裏を合わせ会社組織でやっていたんです」

偽保険屋は職務を忘れ、ほとんど興奮しながら賢治の童話について話すと
「昔はともかく、いまば各家では濁密《どくみつ》(濁酒密造)はやってねぇ。そんな工場ばもはねぇです」

と助役はやや気色ばんで否定した。

「いや、私はドブロク賛成論者なんです。自家用の酒を作るのになんで申告やら納税しなくちゃならないんですか。味噌や漬物を作るのと同じじゃないですか」

偽保険屋が意気込んで言うと、助役の目がちょっと明るくなったように見えた。偽保険屋は続けた。

「成田空港反対運動が激しかったころ、前田俊彦という人がいて運動の先頭に立っていま

した。この人は、酒税法は憲法違反だと主張し、『ドブロクをつくろう』という本を出版しました。私はその本を読んでいつか自分で酒を作りたいと思うようになりました。イーハトーヴは濁密の先進国ですよ。その伝統が失われたことはまことに残念です」

助役は口の端をちょっとゆるめ、保険屋の話に明らかに興味を示した。

「そんな変った人、東京さいるんすか」

と言い、小刻みに頭を上下に振りしきりに感心していた。

「前田さんはもう亡くなりましたが、傑作だったのは、濁密をふるまう会を催すに際し国税庁長官へ招待状を送ったことです。結局なにか咎《とが》めはあったらしいですが、実に痛快な話ですね」

「いやあ、たまげだ話だな」

助役はそれきり黙り込んでしまった。

その後、二人は西の山へ向かい、車は沢沿いの道をさかのぼった。道幅は狭まく小さなカーブが続き、とつぜん広場に出た。物産所の駐車場である。

沢の水を引きこんだ養魚池が幾つもあった。池には大きさ別に分けられた岩魚が黒い群れをなして泳いでいた。その裏斜面が椎茸山になっていて、ナラのほだ木が列をなして並んでいた。簡素な事務所があり、その脇の東屋には［岩魚・椎茸］と印されたのぼりがはためいている。そこで焼いて食べさせるのだが、店員も客もいなかった。

偽保険屋の目を引いたのは椎茸山の脇に張りめぐらされたゴルフ練習場のような網の囲いであった。前面と左右に網が張られ、空と奥は開放したままになっている。囲いの中は草ぼうぼうの荒地であるが、小さなコンクリートのたたきが三ヶ所あり、何かの目玉と口のように配置されている。

「あの囲いは何ですか？」

偽保険屋は訊ねた。助役はしぶしぶと応ずるといった様子で

「ぺっこ（ちょっと）説明がむずかすんだが、村長の発案で作ったもんで、鳥の餌場みてえなもんだ」

意外な答えに偽保険屋は首をひねりながら

「何の鳥ですか？何も姿は見えないし、第一あのように開けていたのでは逃げてしまうでしょう」

助役は困ったような顔をして

「いうならば［鳥葬］みてえなもんだ。こったら山の中だから小動物が車にひかれるのは

いつものことで、その始末に利用してるんだ。死体をあそこに置いてけば、いろんな動物がきて綺麗にしてくれる。カラスが一番多ぐ、タカやワシもくるんだてば。キツネなどもくるんだ」

久坂は鳥葬に前から関心を持っていた。鳥葬はチベットの葬礼の一つであり、魂の抜けた肉体を他の生き物に布施する慈悲の行為と考えられている。鳥葬請負人がいて遺体を山上へ運んで切り刻み、頭蓋骨を石で細かく打ち砕く。それを禿げ鷹が食べて死者を天国へ連れて行ってくれる。一遍の『葬礼の儀式をととのふべからず。野にすててけだものにほどこすべし』という遺言にも通じる。

最近は自然葬について関心が高まり、海や山に散骨する人が増えてきた。生前に葬礼を自分で決めておく。それで気が済む人もいるだろうが自分本位の満足である。生物は食物連鎖の中で生き死にしている。死んだら他の生物の餌として役立つのが自然の理である。役立たずの身が最後に他者の役に立つとは素晴らしいではないか。

偽保険屋は助役に訊いた。

「人間の鳥葬はやらないんですか」

助役は手を振って即座に答えた。

「とんでもねぇ。今だって動物の鳥葬という噂が広がってここへは観光客は来なくなってしまったし、そんなことはできねぇ」

そのとき偽保険屋は細い道がなお山奥へ続いていることに気づいた。

「あの道の奥にまだ何かあるのですか？」

「むかすは人家があったが今は廃屋になってるじゃ。道は荒れて危険だからゲートを設けて閉めてるじゃ」

その道には明らかに新しい轍《わだち》の跡が認められた。奥にはまだ何かあると思うのは自然である。暇つぶしに後日探検してみるか、偽保険屋はそう思って帰りの車に乗った。

銭屋旅館へ戻った久坂はお茶を煎れる準備をしている女将に話しかけた。

「この近くに理髪店はありませんか」

変った質問に彼女はちょっと戸惑った顔つきをした。

「バスで三十分ばかしの温泉街へ行かねばねえべ。髪を切りてえんかね？」

「ええ、思う所あって念願の丸刈りにしたいんです」

と久坂。「念願」というときに力がこもっていた。

彼は勤めを辞めたら丸刈りにしようと前から思っていた。そして髭《ひげ》を伸ばす。というより剃らない。世間では勤め人の身だしなみとして、毎朝髭を剃り、髪を整えるのは当然と思われている。そしてネクタイできめる。それを彼はたいそう面倒に感じていた。髭剃り、整髪、ネクタイ、それらサラリーマン生活のシンボルをもう捨てていい。自由を拘束するかせから解放されるときがやってきた。彼は痛切にそう思った。

「女ば髪を切るのは一大決心だべが、男の人だば簡単なんだね」

「旅に出ると洗髪や整髪が面倒でね。その点、丸刈りは楽でいいですよ。シンプル・イズ・ベストですよ」

久坂はそう言ってはにかむように笑った。客に対して距離を置き、感情を抑えていた女将の表情がゆるみ

「んだば、私が髪ば切ってあげましょ。亡くなった主人が使ったバリカンさあるがら」

思いがけない申し出に久坂は喜び

「そいつは有難いな。厚かましいがお願いしますよ」

戸棚の奥から見つけ出したバリカンは電動式で、付属機器をセットすれば長さを四段階に調節できる。

本人の意向で五分刈りにセットし、風呂敷を首に巻きつけて散髪が始まった。電源が入りブーンとうなり出したバリカンを手にして彼女は芝居がかった口調で言った。

「ようござんすか、心残りはねべか」

それを受けて久坂は

「髪は切ってもー、伸びるものー」

それは『仮名手本忠臣蔵』の、［おかる］の母［おかや］のせりふである。

「うふふ」

二人は同時に声を殺して笑った。

長い髪はバサバサ切られた。彼はこれでサラリーマン生活とおさらばだ、と心の中で叫んだ。感傷的な気持ちがぜんぜん湧いてこないのは不思議だった。女将は慣れた手つきでバリカンを操った。

彼女の手が動くとき香水に混じって女の匂いがした。ときには暖かい息を首筋に感じた。亡くなった亭主もこんな風に刈ってもらっていたのだろうな、と彼は思い、何故かほのぼのした気分にひたった。

「ご主人はいつ亡くなられたんですか?」

つい久坂は訊いてしまった。

「もは五年経ったべが」

彼女は手を休めずに答えた。

それから彼は旅館の経営のことなどを訊いた。客室は五部屋、室料と食事代を区分していて、隣の居酒屋で食事することもできる。旅館も居酒屋も実質的に助役の経営であることもわかった。夏と秋に混むことはあるが、その他の季節は暇だという。

散髪の後、鏡に映った顔に彼はやはり若干の違和感を覚えた。若返ったような感じもするが、坊主頭だった高校時代とは比べようのない中年男だ。

「いい具合だべ(お似合いですよ)」

と彼女は言った。お世辞とわかってはいたが、彼女は亭主の面影をだぶらせているのかも知れない、と久坂は思った。

その後、彼は外へ出て、雑貨屋にある公衆電話から埼玉の自宅へ電話をかけた。妻の泰子に自分の居場所を伝え、銭屋旅館の電話番号を教えた。呼び出すときの名前を何としたらよいか、彼ははたと困ってしまった。今の自分の立場の微妙なことを説明するのは難しい。

結局、滝沢で通すしかなかった。

「列車に乗り合わせた滝沢という男と一緒にいます。事情は後で説明するが、とりあえず滝沢を呼び出して下さい。そうすれば僕がでますから。何も心配することはないです」

と久坂は妻に伝えた。この妙な説明を妻に理解させるのは容易でなく、事情は明日説明すると言って電話を切った。手持ちのテレフォンカードを使い切ってしまったからである。

妻の泰子は夫からの電話の内容をよく理解できなかった。何か面倒なことに巻きこまれたのでなければいいがと案じながら、心底では彼のことだから心配は要らない、と楽観している部分もあった。しかし根拠がないのに信用するのは信頼関係が強いことなのか、あるいは空気のように希薄な関係になっているからなのか。

これがもし若い頃だったら、すぐにでも現地へ飛んで行って自分の目で状況を確かめたいと思うだろう。そういう密接な夫婦関係であってもいつか終止符を打たれる。死というどうしようもない別離がやってくる。それを思えば絶えず二人が密着していることなどあまり意味がないように彼女は感じた。

「私も冷たくなったものだわ」

と一人で苦笑するのであった。

六　魑《ち》魅《み》魍《もう》魎《りょう》

久坂は夕食を居酒屋でとることにした。珍しい酒があるかも知れないし、土地の人の話を聞けるという期待もあった。

縄のれんをくぐりガラス戸を開けると店員と目が合った。

「ええ、おでんせ（おいでなさい）」

店員が威勢のいい声を上げると、周囲の先客は好奇の視線を久坂に浴びせた。

店の中央にコの字形のカウンター、右手に四人掛けのテーブル、奥に小上がりの座敷があり、空席はあったが適当に客は入っていた。彼はカウンターに座り店内を見渡した。柱や造作は年経た色つやを見せ落ち着いた雰囲気である。酒の名前やつまみ、ご飯類のメニューを書き上げた赤枠の紙片が壁いっぱいに貼り付けてある。ビール、酎ハイに並んで［イーハトーヴの友］と［北の輝］があった。それは日本酒の銘柄で、賢治の童話『税務署長の冒険』に出てくる。

「あんつぁ（兄さん）、何ば飲む？」

紺色の作務衣、白いねじり鉢巻きの若い男性店員が訊いてきた。

「ドブロクはある？」

「今ばそんなのねぇがす」

すかさず店員はそう言って笑った。

「じゃあ、ビール。その後はイーハトーヴの友」

「お客さん、その酒の名ばラベルだけなんだ。ありふれた地酒だけどいいかね？」

何だ、そういうことか。面白くも無い、と久坂は思いつつ
「ああ、いいよ」

つまみを何種類か頼んで飲んでいると、小上がりの座敷にいた中年男が寄って来て
「まあ、お近づきに一つどんぞ」

と手にした徳利から酒を注ごうとする。小柄な男でよく日焼けしていて、毛が薄い頭頂

まで赤黒かった。

久坂はちょっと躊躇《ちゅうちょ》したが、これが田舎の風習かと思って盃に受けた。

「旦那ば税務署でいらっしゃいますか?」

今度は丁寧なもの言いをした。

「いや、私は」と久坂は言いかけて言葉を切った後、「事情があって身分を明かせませんが、絶対税務署ではありません」

酒を注文するときのやりとりを聞かれているし、助役に話したドブロク賛成論が伝わっている可能性もある。小さな村だから噂が流れるのは早い。ドブロクに執着する変な奴、税務署の回し者と見られたのかも知れない。

「へえ、んだば失礼しました」

男がそう言うと周りからどっと笑い声が起こった。

何か慰みものにされているようだな、と久坂は嫌な気分になった。すると隣にいる客が話かけてきた。三十歳前後の髪を短く刈り上げた都会風の男である。

「東京からですか?」

久坂は相手をじっと見つめてから

「そうだが、よく分かりますね」

「ええ、臭いですよ」男はちょっと間をおいて「実は僕も東京からです」

手にしたビールのグラスを顔の辺りまで上げ、久坂にいたずらっぽい眼差《まなざ》しを向けて乾杯のしぐさをし、さらに続けた。

「周りにいる連中は貴方が何者か、とっくに知っていますよ。それをとぼけて税務署だなんて、人を食った連中ですよ。実は今日、貴方が助役と銀河高原のレストランに寄ったのを僕は見ていました。僕はあそこでコックをやっています。いずれこの村と提携する東京の開発会社から派遣されてきていて、退屈しているんです」

偽者であることを明かせないのはもちろん、保険の調査ということも伏せておくほうが無難と思っていたのに、それを知られている。久坂は気味悪くなり思わず
「何だか監視されているようで恐いですね」

周りからはまた爆笑が起こった。よそ者をからかって慰みものにするのは田舎の常だが、久坂は所在なさに酒をがぶ飲みした。するとまた爆笑
「ところで何か分かりましたか?」

とコックは訊いてきた。

「何も。これからですよ」

久坂がそう答えると、コックは大げさに手を振って言った。

「ここら辺の山に入って迷ったら見つけられっこありませんよ。土地の者でもときどき行方不明になるそうです。とくに春先、ネマガリ竹を採りに行ったときが危ない。夢中になっているうちに藪が深くて自分の居場所が分からなくなるんです」

遭遇した実例があるか、久坂は訊いた。

「いや、僕が来てからはないけど」とコックは口ごもりながら
「だけど山は恐いですよ。なにせ昔はマタギが駆け回っていた山です。熊や猪などの獣用のワナが仕掛けてあって、もし人間がかかって発見がおくれて死んだりしたら、そのまま埋められてしまうことだってあるかも知れない」

少し離れた席にいるいかつい男が立ち上がった。『すがめの赤黒いごりごりしたおやぢで、胴は小さな臼ぐらいはあった』と賢治が描写している淵澤小十郎を一回り小さくしたような男である。息を荒くしてコックにつめ寄ってきた。店内の耳目が集まる。

「やい、いい加減な話ばよせ。ワナに人間がかかったなんて聞いだごどねぇ。でたらめ言うもんでねぇ。東京もんは黙ってろ」

怒鳴っているうちに赤い顔が青く変ってきた。

「やあすまん、すまん。ちょっと話を外し過ぎた。かんべん、かんべん」

謝るコックに対して男は手を振り上げた。ねじり鉢巻きの店員が飛んできて割って入り、コックを外へ連れ出してしまった。

ごりごり男は周りの者から酌をされ、機嫌を直していった。これがきっかけとなって話題は一つのことに集中した。得体の知れない男がバイクであちこちに出没しているという。久坂は保険調査員の滝沢だな、と見当をつけた。しかし口外することはできない。

釣り師が下見に来たのだ。開発業者が動き出したのだ。不動産屋が廃屋を探しているのだ。税務署が濁密を調べに来たのだ、等々各自勝手な憶測をしてけんけんごうごうとなった。皆の口ぶりでは税務署説が一番気がかりなようであった。

税務署説が話題になるとき、客の何人かは久坂にちらちら視線を向けた。先ほどは単にからかうような目つきであったが、疑いの目に変っている。そうなると久坂も彼らを疑わざるを得ない。濁密をどこかでやっているのではないか。

この店の酒は税金を納めた市販品にラベルを張り替えたもので、賢治童話に出てくる銘柄を村興しの目的で使わせてもらっているだけという。しかし客は一升びんで頼むわけではないので、どこかの段階で中身を密造酒にすり替えても分からない。税務署にさえ飲ませなければ分からない。村中が共犯すれば外には漏れない。

　久坂は根拠のない想像を巡らせながら杯を口に運んだ。今までガヤガヤしゃべっていた客はひそひそ声になっている。店の空気が何か重苦しく感じられてきた。久坂は黙って飲んでいることに耐えられない気分になり、カウンターの中の店員に話かけた。

「ここら辺りでもソバを作るの？」

　ねじり鉢巻きの若者は意外な問いかけにしばらくぽかんとしていた。

「……ソバ？　少しは作る人もいるだ」

「その人に会って話を聞きたいのだが」

　久坂がそう言うと近くの客が口を出した。

「ごさいる仙人に聞けばわがる」

　客が指差すテーブル席に、長いあご髭を生やした白髪の老人がいて、徳利から杯に酒を注いでいた。顔も手も渋色に日焼けしており、色あせた作務衣を着ているが、どこか地元の人とは雰囲気が違っている。年齢は七十歳を超えていると見えた。

　久坂はためらっていたが

「失礼します。お邪魔してもよろしいですか」

と言って近寄っていった。仙人と呼ばれた男はうなずいて向かいの席を勧めた。久坂は徳利と杯を持って移動して行き、名乗ろうとして躊躇した。リストラされた無職の男、偽の保険屋、どちらが自分なのか。しかし偽の保険屋を通すしかない。

「私は…東京から来た滝沢と申します。ソバが大好きなんです。いずれ自分でソバを作ってみたいと思っています」

男は上目づかいに久坂を見つめ、皮肉っぽい口調で話し始めた。

「わしは東京から流れて来て、ソバと野菜を作っているが、別にソバが好きなわけではない。あんたの思い描いていることとは大分違うと思うよ」

久坂は収穫量・製粉方法・料理法などについて立て続けに質問した後

「自分でソバを作って石臼で碾いたら、おいしい蕎麦を打てると思いますが」と言った。

「うまいとか、身体にいいとか考えてソバを作っているわけじゃない。食べ方もそば切りは面倒だからやらない。もっぱら雑炊かそばがきだ。とにかく命をつなぐためにやっているだけだ」

ソバ栽培の薀蓄を聞けるものと期待していたのに、男の答えはぶっきらぼう過ぎる。この人には何かいわくがありそうだ。何故ここで暮らしているのか、久坂は訊いた。

仙人と呼ばれた男はすぐには答えなかった。しばらく手元に目をやって黙っていたが、やがて顔を上げて語り出した。

「わしは柄にもなく宮沢賢治が好きでのう。作品の舞台となったイーハトーヴをいつか訪ねたいと思っていた。そこでは人間が山猫や鹿、蟻や茸などあらゆる自然界と会話ができたり、山男や座敷童子や雪婆んごなど異界の者に出会えたり、一心に願えば夜鷹が天に昇って星になれる。心ときめく妖しい世界と思った」

賢治の作品をディテールから捉える視点が久坂には新鮮に思えた。普通は作品が醸し出す宇宙感覚とかヒューマニズムなど精神性にウェイトを置いて鑑賞されている。山猫や蟻などディテールは依代《よりしろ》であり、テーマを展開する媒介と見なされている。

しかし賢治はまずディテールそのものに驚きと興味を感じたのではなかろうか。その後の展開は賢治が言ったように、たしかにこの通りその時、賢治の心象の中に現れたものである。あの難解な『銀河鉄道の夜』もいちいち難しい意味づけを考えず、描かれた通りのことをイメージすればいいのだ。ディテールの世界に素直に入っていくのは賢治を理解する純粋な方法かも知れないと久坂は感じた。

仙人の男はさらに続けて語った。

「わしは事業に失敗し、死に場所を求めてここへやって来た。熊に殺されたいと願っていた。淵澤小十郎のように熊に殺されて、フイフイ教徒の祈りのような熊どもの葬列に送られて、この世におさらばしたいと願った。しかしいくら山を歩いても熊に出逢えなかった。首を吊るしかないと覚悟して紐にぶら下がったとき、何か黒いものがぶつかってきて体を飛ばされた。誰かがまだ死ぬなと言っている。そう直観してここで細々と自活を始めたのだ」

仙人は辛かったであろう過去を語っているにもかかわらず、顔色は爽やかで微笑さえ浮かべている。

「ソバで命をつないでいるが、いつどうなってもいいと思っている。何としても生きようという気はない。朝、目覚めたら、ああまだ生きていると思うだけ。生きていて死んでいる。死んでいて生きている」

本当は皆そうなのだ。偉い人、有名な人、忙しい人、怒っている人、悲しんでいる人、我が世の春を謳歌している人、人さまざまだが、みな同じなのだ。現世は仮の姿なのだ。生きていて死んでいる。死んでいて生きている。仙人の話を聴いているうちに久坂は目頭が熱くなってきた。一遍上人の言葉を聴いているように、自分の心境に深く響き合うものを感じた。上人の法語に次のくだりがある。

『生きながら死して静に来迎を待つべし。万事にいろはず、一切を捨離して、孤独独一なるを、死といふなり。所以に、生ぜしも独なり。死するも独なり。然れば住するも独なり。添ひはつべき人なき故なり』

そして西行の歌も思い出された。西行の最高傑作と言われる歌である。

『年たけてまた越ゆべしと思いきや命なりけり小夜の中山』

西行は二十七歳のとき、能因法師の歌枕を訪ねてみちのくへ旅をした。途中、東海道の小夜の中山を越えて行った。四十年後、東大寺の再建勧進のため平泉へ向かう途中、再び小夜の中山を越える日に出合えた。そのときの歌である。

当時は旅に出れば生きて帰れる保証はなかった。死を覚悟の旅であった。それが四十年後に再び同じ場所を越える日に遇えた。普通は一度きりの旅なのに再び越えることができたのは生き永らえたからだ。運命というものだ。そういう命とか運命の不思議さが『命なりけり』という言葉に凝縮されている。

久坂は仙人とこうして会えたのも『命なりけり』と思った。彼はその思いを仙人に伝えた。

「命なりけり。……いい言葉だね」

と仙人はうなずき
「ここでは話せないことがある。明日拙宅へ来ないですか」
と言って、箸袋の裏に略図を描いて久坂に渡した。

翌日、久坂は旅館の自転車を借りて銀河高原へ向かった。後輪に頑丈な荷台のついた重量のある自転車で、田舎の砂利道にも負けない安定感があった。往来する車にときどき出合ったが、道端ではめったに人影に出会えなかった。

銀河高原に着き、レストランにコックを訪ねた。コックは仕事着のまま日当たりのいい客席で新聞を読んでいた。久坂が挨拶し昨晩のハプニングに同情を示すと
「いや、しょっちゅうですよ。あの連中には冗談が通じないんです」

と淋しそうに笑った。

レストランの窓から西の山が望め、稜線の残雪が光っていた。

「『注文の多い料理店』が気になって話を聞きにきたんです。私は宮沢賢治の作品が好きなものですから放っておけないんです」

と久坂はレストランの奥の方、「山猫軒」の標識を見やりながら言った。

「あそこは閉鎖されています」

コックの返答はにべもなかった。

「内部には童話に出てくるような仕掛けがありますか？　つまり山猫が客に注文する数々の仕掛け、持ち物を外して置く場所とか、客が自分の体に塗りつけるクリームの壷、酢のビン、塩の壷などです」

久坂の質問にコックは記憶をたぐるかのように目を閉じていたが、やがて答える。

「扉を開けて客室へたどりつくまで長い廊下があります。その途中のショーケースには確かに蛍光灯に照らされて調味料のビンが並んでいますね。それはインテリアであり、客への注文は無いです」

やはり名前だけか。そんな程度のことしかできないだろうな、久坂がそう思っていると、コックは意外なことを話し始めた。

「提携を進めている東京の開発会社と此処の村長は変わった趣向で再開を考えているようです。とにかく珍しい料理を出したいというのです。熊、猪、鹿、山鳥ではもう陳腐だというのです」

彼はそこで言葉を切りしばらく黙っていた。厨房のほうで大量の水を流す音が聞えてきた。コックは何度か唇を開こうとした末、額にしわを寄せて言った。

「東京の専務は、例えばスタンリー・エリンの『特別料理』のようなものを考えろと言います。僕はそれが何のことか全く分からなかったので本を読みました」

えらい話になったなと久坂は驚いた。エリンは米国の短編作家で、ミステリアスな作風で知られている。久坂は『特別料理』をすでに読んでいて、その筋立てには意表をつかれた記憶がある。それは想像の世界の話であって現実感は全くなかった。

『特別料理』の粗筋は、昔風だが品位のあるレストランがあり、店が提供するのは日替わりの一品だけ。それを味わった者は絶妙の味の虜《とりこ》になる。この店で古今に絶する料理の傑作中の傑作、と客が称賛する特別料理が供されることがある。材料のアミルスタン羊を入手するのが容易でないので、特別料理はいつ出るか分からない。

また店の常連はその料理場を覗いてみたいと熱望しているが、店主はめったに許可しない。許可されるのは肉づきのいいその客が長期の出張で外国へ出かける前の日である。特別料理が提供される日、料理場を覗いた客は出張中で姿を見せず、やがて彼は外国で行方不明になったという噂が流れる。

この短編は寓意を秘めていて、カニバリズム（人肉嗜食《ししょく》）を暗示している。

コックは『特別料理』の話を久坂が知っているか窺っているようであった。

「まさかアミルスタン羊を探せ、と言うのではないでしょうね」

と久坂はコックが投げかけた謎を探るつもりで言った。

「それはないですよ。非現実的な話ですからね」とコック
「じゃあどんな料理を考えているのですか」

コックは少し間を置いて
「ある肉のシャブシャブを［銀河羊］と名づけて出したらどうかと考えています」

「何の肉ですか」

「うーん、奥羽山脈の秘密の草原で飼育された羊、ミステリアスな肉。出所をはっきりさせない点がミソです。この世でめったに手に入らない素材、霧に包まれた伝説の素材ということで、客の想像力は刺激され欲望が高まるわけです」

そう言うコックの話は曖昧でカニバリズムの臭いが消えない。危険な企みが開発会社と村の間でひそかに進行しているのではないかと疑われる。

そもそも『注文の多い料理店』は奇妙な題名である。客からの注文が多い繁盛店、またはメニューの多い店とも解釈できる。童話を読んで初めて山猫の注文ということがわかる。

山猫は客に塩や酢やクリームを付けさせて捕食しようと企んでいる。この題名からしてミステリアスだ。だから村長らが企んでいることが不気味に思える。

久坂はもっと訊いたり確かめたりしたかったが、コックは仕事の時間だと言って、逃げるように調理場へ行ってしまった。


銀河高原を後にした久坂は自転車を返すため銭屋旅館へ一旦戻った。彼が出かけていた間に電話があったことを女将は告げた。久坂と名乗る男からで「今夕六時に温泉街の土産物屋で会いたい」という内容であった。自分の名で自分あてに電話が入るということはやはり妙な気分であった。

その後、彼は徒歩で仙人の家へ向かった。昨夜描いてもらった地図に従って南の方へ少し下り、西の山際へ入って行くと、狭い谷間に小さな茅葺の家がぽつんと立っていた。萱が腐っていて触ればボロボロと崩れそうな古い家である。入り口に貼り紙があり「畑にいますから鐘を叩いてお知らせください」と書いてある。賢治が仮寓に掛けた黒板みたいだな、と久坂は思いながら鐘を鳴らし、土色をした縁側に腰かけて待った。

両側から山が迫り、小沢に沿って小さな段々畑が山奥へ連なっている。山はうっそうとした樹木に覆われ、冷ややかな空気が谷間を包んでいた。足元には勢いよく伸びた雑草に混じって黄色や水色の花がちらほら咲いている。

仙人は鍬を担いで現れた。彼は家の中に入りコップを二つ手にして出てきた。二人は縁側に腰掛けてコップの水を飲んだ。上の谷川から汲んできて瓶に貯蔵してあった水は思いのほか冷たかった。仙人は昨夜と同様穏やかな顔で話し始めた。

「わしはソバと野菜で命をつないでいるので仙人と呼ばれているらしい。しかし以前は全く違う生き方をしていた。事業が順調のころは恐ろしいほど食に執念を燃やしていた。おいしい店と聞けばジャンルを問わず、遠路をいとわず訪ねて行った。

そのうち食欲を満たす、味覚を堪能させるという食の原点を飛び越えて、もっとおいしいものがあるはずだ、もっと珍しいものがあるはずだ、というイメージや観念に追いかけられるようになった。噂を聞いて世界を股にかけて食べ歩いた。

話題になるものはほとんど食べた。もういいかと思ったが観念が許さない。まだ残したものがある、それを味わう機会はないか、観念を執拗に追い求めた。人間にとってタブーのものまで、観念の遊びとして関心を持ち続けた。人間は図に乗るとどこまでも馬鹿げたことをする」

人間にとってタブーのものとは何か、カニバリズムを意味するのか、久坂は見当をつけかねたが黙って聞いていた。

動物としての人類は衣食住が満たされれば、理性と慈悲の心が働く人間に統一されるという認識は幻想なのか。人間は限度をわきまえることができないのか。人間とは何か、判らなくなってきた。人類は進化の過程で種内捕食（共食い）をしたのだろうか。歴史的過程では葬送儀式、蛮族の社会的風習、部族抗争の復讐として行われたカニバリズムもある。飢餓状態、航空事故、海難事故、戦争における緊急避難として発現した事例もある。しかし究極の美味として観念的な欲求を追究するのは猟奇というほかない。

仙人の話は続く。

「人間の観念とかイメージは欲望を限りなく拡大していく。わしは事業に失敗し、無一物になって目が覚めた。必要以上のものを求めない。謙虚に生きるべきだ。わしの命で飢えをしのげるものがいたら、いつでもこの身をくれてやる」

久坂の脳裏にまたもや一遍上人の言葉が蘇ってきた。

一遍の法語に曰く『衣食住の三は三悪道なり。衣装を求め飾るは畜生道の業なり。食物を貪求するは餓鬼道の業なり。住所を構へるは地獄道の業なり。しかれば、三悪道を離れんと欲すれば、衣食住の三を離るべきなり』

静かであった。谷間の空気はそよとも動かず、緑濃い山の樹木も死んだように黙然《もくねん》と陽光を受けている。しかし草木は人が気づかないうちに脈々と自然のリズムを刻んでいく。欲望に振り回されたり、生き方がどうのこうのと悩むのは人間だけである。人間はもっと自然体でいいのではないか、そんな思いが久坂の心を過った。しかし彼は現世の人間社会の狂ったような出来事に目をそむけるわけにいかない。

仙人も自然の声なき声に耳を傾けるように沈黙していたが、また静かに話し始める。

「命をつなぐためには他の命を食わねばならない。自然界には食物連鎖という輪廻《りんね》がある。人間も野山に居ていつ他者に食われるかわからぬ定めなら、他者の命を奪うのも仕方が無い。しかし人間は他の命に対して絶対優位に立っている。他に食われることはまずない。これは不公平ではないか」

久坂は人間の業の深さに改めて思いを致した。人間は本来慈悲の心を持っている。しかし慈悲だけでは生きられない。生きることは非情の上に成り立つのだ。命を捧げてくれる動植物に感謝し、謙虚に生きなければならないと痛切に感じた。

人間の慈悲と非情のせめぎ合いは滑稽なくらいちぐはぐだ。例えば畜産農家は家畜を可愛がって育てる。それは人間の理性に裏付けられた善性の表れであろう。しかし生活資金のため食肉として売らざるを得ない。

捕鯨反対活動家は畜殺に反対はしない。むしろ喜々として肉を食する。

企業はリストラによって生き残るが、失業した生活困窮者は果たして生き残れるか。

国民の安全を保証する国家が国民を戦争に駆り立て死に追いやる。自家撞着ではないか。

正義を掲げる戦争は無抵抗の市民を無差別に殺傷する。等々。

「現代社会では人間は公然と他人を殺し始めていますよ。戦争の犠牲者、経済的に見放された結果の自殺者、それらは社会とか国家に殺されたも同然です」

久坂はそんな思いを仙人にぶつけた。

仙人はうなずきながら言った。

「その殺人罪は問われない。何故なら国家や社会の皆が共犯者だから。集団の共犯というものは恐い。底なしの恐さだ」

この世には社会の皆が口裏を合わせて闇から闇へ葬ることがある。いや、口裏が合えば悪は正義の仮面を被って堂々と表を歩く。場合によっては皆でなくて過半数でいいのだ。

仙人はカニバリズムを追い求めたと明言しなかったが、欲望に任せた生き方の虚しさに気づき、今や一種の悟りの境地に入ったのではないか、と久坂は感じた。

「私をここに置いてもらえませんか。一緒にソバを作りたいのですが」

久坂がそう頼むと、仙人は即座にきつい口調で拒絶した。

「駄目だ」

少し間を置いてはき捨てるように言った。

「仕事も家庭も皆捨てて、いつでも野垂れ死にするつもりでいるのに、何で今さら他人と関わりを持たなければならないんだ」


久坂はバスに乗って、指定された午後六時に温泉街の土産物屋を訪ねた。二階が民宿に当てられていて、そこに保険屋の滝沢は泊まっていた。二人が別行動を始めたのは昨日のことであるが、久坂には随分日にちが経ったように感じられた。

「やあ、すみません。村のほうはうまくいっていますか？」

滝沢はそう言って久坂を迎え入れた。久坂の苦労など何も知らないという顔色である。

「いや参りましたよ」

久坂はしかめっ面をしながら、滝沢に会いほっとして緊張感がゆるむのを感じた。身代わりを演じることはけっこう心の負担になっていたのだ。繕《つくろ》ったり辻褄を合わせることは永年やってきたようでありながら、別人格を演じる経験は無かった。

この村は村長のアイディアで動いているらしい。近々東京の開発会社と提携するリゾート開発の計画が進んでいて、村民の期待は大きいようだ、と滝沢は言い
「もう少し時間をください。しかし調査は全く行き詰まりです。聞き込みをやっても何も出てこない。村人からは何の反応もない。失踪事件の事実さえ記憶にないようで、こちらが夢でも見ているのではないかと錯覚してしまう」

とため息をついた。

調査はもう止めにしてもらいたいと思いながら、久坂は推理の翼があちこち羽ばたくのを止めることはできなかった。銀河高原のコックや仙人から聞いた話を無視することができずに言った。

「他殺のケースでは、山でワナにかかって殺された可能性があるかも知れない」

「なにぃ？」

滝沢は驚いたような声を上げた。

「獣を獲るためのワナにかかり発見が遅れて死なせてしまった場合、過失致死罪の証拠を

消すため山に埋めることがないとは言えない」

それは昨日居酒屋でコックが冗談に言っていたことである。

「ふーん。まさかと思うが」

滝沢はそう言って考えこんだ。

もしそういうことがあったとして、どういう方法で調査したらいいのか。闇雲に山中を歩き回るのは馬鹿げている。仮に事実としても村中が黙秘したり口裏を合わせたら闇に葬られる。

久坂はコックや仙人との会話から想像せざるをえなかったカニバリズムの犠牲というケースについては、現実離れしていると思って口にしなかった。

「それと物産所の奥には何かあるようで怪しいと思うが」

久坂がそう言うと滝沢も同感を表明し
「明日あそこへ裏山から入ってみるつもりです」と言った。

そんな打ち合わせをしている間も、久坂は自宅へ連絡しなければと気がかりであった。

こうなった事情について保険屋に説明してもらうのが最良である。久坂の頼みを聞いて保険屋は久坂家へ携帯電話をかけた。

携帯電話は世に出始めた頃で、久坂はまだ持っていなかった。もっぱらテレフォンカードを利用していたが、それも昨日使い切ってしまった。

滝沢は泰子に事情を説明したが、お伽噺ならともかく、通常の生活では二人の人間が入れ替わることなど考えられない話なので、彼女は得心がいかない様子であった。しかし久坂と保険屋の二人が顔を揃えていて同じことを言うので、でたらめではないと思うしかなかった。

電話が終わったとき、民宿の人が夕食を知らせに来た。

「本当は一献差し上げたいところですが、隠密行動中だから又の機会にして、今日はこれで別れましょう」

そう言って腰を上げた滝沢と一緒に久坂も部屋を出た。

久坂がタクシーで滑床村へ帰ってきたとき、とっぷりと暮れた闇の中に居酒屋や雑貨屋の灯りだけが明々と浮かび上がっていた。彼は夕食を予約していなかったので居酒屋へ入って行った。

昨夜より客は少なく、彼はカウンターの昨夜と同じ席に座り周囲を見回した。仙人もコックも来ていなかったが、日焼けした小男たちの一団は座敷でワイワイやっている。彼が独酌で飲んでいると、小男は目敏く気づいてまた徳利を持って寄ってきた。

「旦那さん、何かわがったべか?」

そう言いながら酒を注ごうとする。

「いや、この村は平穏そのものですね。何もありませんよ。まあ、私の杯を先に受けてください」

久坂は飲み干した杯を小男に差し出した。

「こりゃ、ありがとがんす」

小男は旨そうに飲んで杯を返す。そんなやりとりが繰り返された挙句、久坂は一団の席へ引っ張り込まれた。自分をからかった連中と気を遣いながら同席するのは嫌だったが、気になっていることを聞き出せるかも知れないと好奇心が働いて座敷へ上がった。

一団の四人と顔を突き合せると、双方になにがしかの緊張感が流れた。さっそく杯のやりとりが始まる。一段落すると久坂が何か言わざるを得ない空気になった。

「私は保険会社の人間です。行方不明の件で調査に来ました。皆さん何か情報をお持ちじゃないでしょうか」

皆かぶりを振っている。何も知らないというのか、酔っ払ってそんなことに関心はないというのか分からない。仕方なく久坂はまた訊いた。

「皆さんお仕事は何していらっしゃるのですか」

互いに顔を見合わせていたが

「俺だち百姓だ。仕事の暇なときに会社の臨時雇いになるんだ」

と小男が答えた。

どんな会社かと訊くと、味噌や醤油を造っていて、その運搬の仕事をやっている。会社は村長の経営で村には大変貢献していると言う。助役、コック、滝沢からも村長に関わる話題を久坂は聞いている。

「あちこちで村長のことを耳にしますが、アイディア豊かな名物村長らしいですね」

「そりゃあ大した村長だべ。何だって考えることが違うべ」

小男は得々と話を始めた。それによれば村長は小倉一族の出であり、大学を卒業して永らく東京の会社勤めをしていた。小倉の先祖は滋賀県東小椋《おぐら》村（現在の永源寺町）から出た木地屋の元締めであった。

木地屋は轆轤《ロクロ》を使用した木工品の製作を生業とする。木地屋集団は文徳《もんとく》天皇（八五〇〜

八五八）の第一皇子惟喬《これたか》親王を祖神としている。惟喬親王は清和天皇の異母兄に当たるが、当時権勢を誇った藤原家の娘が生んだ清和天皇を立てて下野し、轆轤による木工技術を伝授したと伝えられる。

小倉一族は惟喬親王の家臣・太政大臣小椋秀実を祖先とし、木地屋を生業にして各地の山に入った。皇統につながる由緒を持ち、朱雀《すざく》天皇の綸旨《りんじ》（注、偽文書といわれる）を有して山林の七合目以上の木材を自由に伐採できる権利を持っていたといわれる。

小倉村長の実家は明治になって木地屋・マタギなど山村民の生産物を扱う荒物屋に転じて富を成し、滑床村周辺における隠然たる勢力となった。一族は近隣に散らばっており、この村では従兄弟同士の村長と助役が村政の中枢を担っている。

久坂は偶像視される村長に何かうさん臭い印象を拭い切れず、異論をはさんだ。

「しかし［注文の多い料理店］とか［鳥葬］の実験とか、何か尋常でないものを感じるのですが」

「それは村長さんのスケールがでっけことでがんす」

即座に小男はそう反論した。久坂には賢治が童話で描写した『なめとこ山は一年のうち大抵の日は、つめたい霧か雲かを吸ったり吐いたりしている』という不気味なイメージが村長に重なってくるのであった。

「皆さん、銀河高原の［注文の多い料理店］へ行ったことはありますか?」

久坂は皆を見渡して訊いた。小男の隣に座っている禿げ頭の男がすぐに答えた。

「あれば、村長の道楽だ。めったに開店しねぇから」

東京から村長の知り合いが来たとき、珍しい食材が手に入ったときなどに開くだけである。それも招待客は限られている。禿げ男はかつて村会議員をやったことがあり、一回だけ招待されたが、そのときメインディッシュの肉は柔らかくて、熊や猪を食べ慣れた口には物足らなかったそうである。

久坂はもっといろいろ訊きたかったが、一団は話に飽きて卑猥《ひわい》な歌を始めた。手拍子で付き合っていると久坂にも歌えと迫る。酒も勧められる。このまま付き合っていると酔い潰されてしまうと思い、適当な言い訳をして逃げるように席を立った。


銭屋旅館へ戻ると部屋には布団が敷いてあった。彼は着替えもそこそこに布団に潜り込んだ。女将が来て声をかけたがもう何も答えない。彼女は灯りを消して出て行った。はや彼の寝息が聞え始めた。

それからは夢の世界である。

………………………………………………………………

久坂は穴倉のような暗い部屋にいる。ドアを開けようとしても鍵がかかっているらしくて開かない。保険屋を騙《かた》っていたことがバレてしまい、監禁されたことは自分にも分かっている。何も企んでいないと弁明したいのに誰も姿を見せない。

………………………………………………………………

部屋の様子が変り、格子で外部と仕切られている。そこへ銭屋の女将が食事を運んできて、格子の間から差し入れてくれる。彼女は「ここに居れば危ね。アミルスタン羊にされるべ。はやく逃げてけれ」と言った。なるほど矢張りそうか、と自分なりに合点する。しかしどうやったら逃げられるか。

そこへコック姿の男が現れる。村長の変装だと思う。会ったことがないのに村長だと確信する。コックは「いっぺえ肉付きのいいアミルスタン、料理が楽しみだ」と言って帰って行った。あの口振りでは料理に慣れているらしい。矢沢という男もこの手にかかったか。至急滝沢に知らせなければならない。しかし体が金縛りに遭ったようで動かない。

誰かが鍵を外している。とつぜん場面は変って川の縁に来ている。富士商事の小倉太一が先に立って案内してくれる。小倉が此処にいるのは不思議なのだが、不思議とも思わないし、小倉は知らん顔して話もしない。川に繋いであった舟に乗せられる。舟には衣川の合戦支度のままの源義経、衣川を出て象潟へ向かう西行、江刺まで来た一遍上人も乗っている。舟はどんどん下って行き海に出た。日本海らしい。このまま北へ向かえば北海道、義経はそこからユーラシア大陸へ渡るのだろうか。

このあたりで久坂はぼんやりと、ああ夢を見ているのだなと気づいた。夢は潜在意識の顕れといわれる。しかしストーリーには脈絡がない。

義経は大陸へ渡ってジンギスカンになった。俺は何になるのか。半分眠りにたゆたいながら空想のおもむくままに任せていた。

久坂は義経伝説に興味を持って調べてみたことがある。平泉の衣川から逃れて蝦夷へ渡ったという説は徳川光圀の『大日本外史』に載っている。北海道に義経を祀る神社や義経・弁慶の名を冠した地名があることを根拠としている。

ジンギスカン説は近江の沢田源内という系図作成を商売にしていた人の創作を発端とする。彼は中国の史書『金史』の別本で義経に関する記述を見つけたと発表した。それによれば、十二世紀義経は大陸へ渡り中国清朝の祖、金を興したことになる。しかしそれは全くの作り話である。

その創作がいつの間にか巷間に広がり、新井白石までもが義経韃靼《だったん》渡海説として紹介したし、渡満した義経の子が金の大将軍になったとする本も享保の頃に出版された。幕末に来日したドイツ人医師シーボルトは『日本の地理とその発見史』に義経渡海の伝承をジンギスカン説として取り上げた。

それらが下敷きにあって、ケンブリッジ大学に留学した末松謙澄は義経成吉思汗説を卒論に取り上げた。それは明治十三年『義経再興記』として日本でも出版された。当時英国では日本は中国の属国のように思われていた。それに対抗するため義経を中国王朝の祖に祭り上げて、国威発揚を狙った牽強付会《けんきょうふかい》の説であった。

このように伝説は史実と違う。が、世に残る歴史書が全ての真実を顕していると言えるか。表に出ない隠れた真実もある。だから史実といわれる事も疑ってかかる必要がある。過去となれば、どれだけ調べても全てを明らかにすることは不可能であろう。そこに推測や伝説が入り込む。それは史実ではないが、自分が思うことを真実とみなすしかない、という言い方もできる。

デカルトは［我思う、ゆえに我あり］と言った。彼は真実といわれる事も疑った。信じられるのは思惟する自分の存在だけと結論した。確かに自分がいなくなれば総ては無に帰す。自分を通してのみ宇宙は認識される。総ては自分を通してのみ存在する。ならば自分が思うことのみを信じるしかない。

七　マタギ・淵沢弥助

久坂は滑床村で三日目を迎え、気になっていた［なめとこ山遊歩道］を歩いてみることにした。女将に握り飯を作ってもらい、借りた長靴を履いて銭屋旅館を出た。東の山を目指して行くと、道路の傾斜が増してきて昔の山道の道標が現れた。細い道が杉や桧の林へ分け入っていく。山道はときどき車道を横切る。車道ができて昔の山道はずたずたに切られてしまった。

しばらくは杉や桧の植樹林が続いたが、やがて明るい空間へ飛び出した。新緑に包まれた広葉樹を透かして空の明かりが降ってくる。気温も上がってきてじっとりと汗をかいた。久坂は久しぶりに山の空気を吸って爽快な気分になった。

思ったより早く、一時間半ほどで駐車場に着いた。ここまで誰にも会わなかったし、周囲に車も人影も全く見当たらない。登ってきた方角を見下ろせば、樹林も田畑も水底のように明るく静まりかえっている。この穏やかな里山風景の中にのたうつような道路の帯が望見された。開発の手は知らず知らずのうちに伸びてきていて、昔はごちゃごちゃいた熊が住みづらくなったことは確かなようだ。

駐車場から先はいくつかの支稜を巻きながら緩やかな上り道が延びていく。周囲の林相はツガやシラビなど常緑樹が多くなり、高山の様相を見せてきた。左下に白い岩と青い清流を連ねる渓谷が見えてきた。遊歩道は所々崩れていたが危険というほどのことはない。まして山歩きに慣れている久坂にとっては快適な山道であった。

渓谷と遊歩道の距離が縮まり、谷へ下る細い分かれ道が現れた。彼は立ち止まってしばらく考えてから谷へ下り始めた。

下りついた所は浅い淀みで、鏡のような水面に落ち葉が一葉止まったように浮かんでいた。賢治の童話『やまなし』の舞台はこのような場所かと思えた。

『小さな谷川の底を写した二枚の青い幻灯です』という書き出しで始まる童話の主人公、子供の兄弟蟹が水底から水面の天井をじっと見上げている様が目に浮かんだ。そして『クラムポンは、かぷかぷわらったよ』とつぶやくのが聞えるようだった。

賢治はオノマトペの天才である。『かぷかぷわらった』という擬音も、水底の兄弟蟹の表情まで浮かんでくるようで実に秀逸だ。


その頃、保険屋の滝沢は物産所の奥にある廃屋を探査するため雑木林を登っていた。物産所から入る道はゲートで閉鎖されているし、見張りがいるおそれもあったので裏山から接近しようと目論んだ。もちろん道はない。見当をつけて山の斜面を分け登るのである。

もともと里に近い低山だから彼は容易に近づけると考えていた。しかし山に入ると同じような起伏が続き、方向を見失いそうになる。草木が茂り見通しが利かないので右往左往しながら進んだ。ときどき磁石で方角を確かめながら草むらをかき分けて登った。

支尾根の稜線にやっと登りついて、雑木の隙間から見下ろすと、かなり大きな建物が見下ろせた。その建物を目指して下って行き、建屋の細部がはっきり捉えられるようになったが、人影は全く見えず森閑としていた。壁面に凹凸が少ない倉庫のような建物である。煙突が見えるが煙は上がっていない。

かつて住まいに使われた廃屋というのは合点がいかない、と思いながら彼は建物に近づいて行った。傾斜が終わり敷地に踏み込んだ途端、いきなり足下が陥没した。土砂や落ち葉とともに暗闇の底へ叩きつけられた。同時にカランカランという音が響き渡った。大きな落とし穴にはまり込んだことを彼は覚った。獣を捕獲する落とし穴だったら、底に槍ぶすまが仕掛けてあるところだ。そう思うと鳥肌が立った。

穴の上で人声がした。鳴子《なるこ》の音を聞いて駆けつけたようだ。

「あれ、人間か？」

と叫んでいる。

「どこから入ってきたんだ。けしからん」

とも言っている。複数の人間が集まってきてガヤガヤ言っている。やがてロープが垂れてきた。滝沢はそれに掴まって引き上げられた。

それからが大騒ぎだった。滝沢は建物の一室に連れられて行き、数人の男に囲まれ詮議を受けた。彼は東西保険の調査員と名乗り、怪しい者でないと主張した。しかし一昨日助役が案内した保険屋、久坂を見知っている連中の不審の念は消えなかった。

村に関わりのある施設なのか、助役が呼ばれ別室で善後策が協議された。

その間、見張りのいる部屋で滝沢は軟禁状態におかれた。彼の頭の中を二つの想像が駆け巡った。

一つはその部屋へ連行されるとき目にした大きな桶の群れである。味噌とか醤油と書かれた文字を見たが、中身は酒かも知れない。だから神経質になっているのだと彼は推量した。もう一つは行方不明の男も自分と同じような目に遭ったのではないか、という疑念である。そして何処かに監禁されているかも知れない。村落共同体の共同正犯が疑われる。

いずれも根拠のない疑念だからどうしようもない。また今は相手を刺激してはならない。見て見ぬふりをするしかない。

滝沢の主張の真偽を確かめるため保険会社へ照会がなされた。ファックスで顔写真が届き、彼を保険調査員と認めるまでにはまる一日かかった。

では先に現れた保険屋は何者か、行きずりの間柄で身代わりの相談が成立したという滝沢の説明を信用する者はいなかった。皆は税務署が保険会社と結託して探索に来たのではないかと疑った。もう一人の保険屋を確保して詮議しなければならないが、どこにいるかわからない。彼の身分がはっきりするまで滝沢はそこに拘束されることになった。

偽保険屋の久坂は沢の岩に腰を下ろして穏やかな水面を見つめていた。童話『やまなし』が描く季節は白い樺《かんば》の花が流れる五月と、やまなしが川に落ちて熟す十二月であるが、彼は時空を超えて水中の幻灯を想像して楽しんだ。

この美しい沢を下ってみたい。彼は沢沿いの道なき道を下り始めた。小滝が現れると釜や淵が連続し、想像以上の渓谷美が展開した。

支沢を渡る箇所には丸木の古材が架けられていて、濡れたり苔むしたりしていた。支沢の深さは二、三メートルあり、初めのうちは慎重に渡ったが、やがて慣れてきて何でもない小さな丸木に乗ったとき彼は足を滑らせた。両手をぐるぐる回してバランスをとろうとしたが、ついに落下して小さな淵に転落した。

一瞬、彼は気を失ったように何が起きたのか解らなくなった。初夏とはいえ山の水は冷たく、意識はすぐに正常に戻った。よろよろ歩いて浅瀬に着いたが、もうろうとした頭を抱えて倒れた。

この事故を近くで目撃していた者がいた。その男は飛ぶようにやってきて久坂を水から引き上げた。男は小柄だが頑健な体つきで、苦も無く人間を背負い草地に運んだ。そして久坂の足を肩にかけて逆さに吊り上げ強くゆすった。水を飲んでいれば吐き出させるという強引なやり方である。

久坂は思わず叫んだ。

「やめて下さい。もう大丈夫です」

転落の瞬間の記憶が戻った。へまをやってしまったと思ったが、体に大きな傷害は生じていない。しかし頭は少しふらふらする。

「ああ、有難うございます」

まずは礼を言うのが精いっぱいだった。

「ここば山の者だけしか通らねぇ道だ。なんでこんな所さ迷いこんだ」

と男が言った。その衣服からぷーんと煙の臭いがした。

久坂の手や顔に血がにじんでいる。その手当てやら衣服を乾かすため、男は近くにある自宅へ案内した。

道々、久坂は滑床村を訪ねた経緯を保険屋として説明し、銭屋旅館に泊まっていることを話した。男はこの近くに住むマタギの末裔で、淵澤弥助と名乗った。いわゆる山村民である。鋭い目、ごま塩の髭面が特徴で、歳は五十そこそこと見えたが、本当は六十をとうに超えていた。

弥助の家は沢から一段上がった小さな平地に這うように立っていた。

彼らが上がって行くと猟犬が盛んに吠えたてた。白茶けた板を寄せ集めて縄でくったとでもいう粗末な家である。しかし囲炉裏端にはマタギの家らしく立派な熊の毛皮が敷いてあった。

料理の下拵《したごしら》えをしていた妻に弥助は早口で何か言った。彼女は浴衣のような衣服を出してきた。久坂が着替えると濡れ物を持って外へ出ていく。

弥助は台所の隅から一升瓶を運んできた。マムシが浸かった焼酎である。それで久坂の傷を消毒した。幸いかすり傷ていどのものであった。それからハマグリの貝殻に詰めた熊の脂を傷に塗った。そして囲炉裏の火を掻き立て薪をくべた。

立ち昇る煙が久坂の目にしみる。臭いは懐かしかった。かつて泊まった山小屋の記憶が断片的に蘇る。彼は気分が落ち着いてきて、自分のやっていることが馬鹿馬鹿しくなってきた。無性に話したい衝動に駆られた。

「実は私は保険屋ではないのです。永年勤めた会社を首になったばかりの風来坊です」

久坂は一息ついて弥助の様子を窺った。弥助は黙って囲炉裏をつついている。久坂は何か語らねばならない気がした。

「私は日本経済の成長を担った企業戦士のような面をしてきましたが、本当は時流に乗っかり流されていただけでした。……洪水のような経済成長が止まった今、水害の後は惨憺たる有様で虚しさを感じます……。私が成し得たことで意義があるとすれば、平凡ですが結婚して子供を育てたことだけです。それもほとんど妻に任せっきり、全く情けない男です」

囲炉裏をつつきながら聞いていた弥助は

「いや、童子《わらし》育てるのは並みたいていのことじゃねべが。あんただって言うに言われぬ苦労したんだべ」

ぽつりとそう言った。弥助の優しい言葉に久坂はついほろりとした。彼の脳裏を三十数年間の隠忍自重のサラリーマン生活の幾こまかが過ぎった。

経済の高度成長期、職場では話題といえば麻雀・ゴルフ・クラブの女であった。趣味の登山を優先させてゴルフコンペを断ると、「何を考えているのだ」と陰口を言われた。飲み会の場で文学や政治の話をすると敬遠されてネクラと言われた。

そんな評判がねじ曲げられてアカという噂が流れた。本人の耳には入らなかったが、親しい友人が後から知らせてくれた。国政選挙のとき、久坂宅の塀に革新政党の候補者のポスターが貼ってあったという噂だ。久坂には全く覚えのないことであった。親友は「それが昇進に障ったのではないか」と言った。

根も葉もない噂が人を傷つけることを久坂は身をもって知った。戦国時代、人を貶《おとし》めるためデマを流すことは珍しくなかった。それによって滅ぼされたり腹を切らされた事例は幾らでもある。時代が変わっても噂は疑心暗鬼を呼び、理不尽な結果を招来する。

すでに動き始めていた都心再開発プロジェクトに鋼材を売り込むという社命を受けたことがあった。他社に出遅れたことは分かっていたが、僅かな可能性に賭けて決定権者を探り当て、夜討ち朝駆けでアプローチしたことがあった。ゴルフの接待、贈り物など際どいこともやり勝算の感触を掴んだが、結局のところ徒労に終わった。

会計の問題もあった。帳簿上の残高と実残高の差異が解明できず、不正を疑われたことがあった。処理システムが適正でなく、それが永年続いたため訳がわからなくなってしまったのである。永年の誤差が差異を拡大してしまったことがわかったが、一時は身の細る思いをした。

その他、嫌なこと、苦しいこと、情けないこと、怒りに震えたこと、数え挙げればきりがない。第三者から見れば大したことではないかも知れないが、サラリーマンには夫々乗り越えなければならない茨の道があるのだ。

唯一、満足な記憶は永年親しんできた趣味の登山である。難しいコースや天候の急変によって危険に直面したとき、全身全霊をかけて頑張った。困難を克服したときの達成感や生存感は今でも熱く蘇ってくる。自分なりに全力を尽くしたという事実を誇らしく思う。だがそれとて仕事と家庭の狭間で、いずれにも支障を来さないよう配慮しながら残したささやかな足跡だ。全く個人的な行為であり、世間に誇れるものではない。

久坂は囲炉裏をかき回している弥助のしぐさを見ていると気持ちが安らぎ、自然に言葉が口から出始めた。

「私の人生五十年はとっくに過ぎました。ガンで亡くなった友も、脳梗塞で半身不随の友もいます。それが明日我が身に起きても不思議ではない。死を意識したとき、一遍上人の声が聞えてきたのです。捨てろ、捨てろ、と……」

久坂はそこでちょっと言葉を切り、

「弥助さんは一遍上人を知っていますか」

と逞《たくま》しいマタギに顔を向けた。弥助は無言でかぶりを振った。久坂は続ける。

「一遍上人は『南無阿弥陀仏』と一遍唱えれば極楽浄土へ往生できると説きましたが、捨てこそ往生があるとも言いました。捨てるとは何事にも執着しないことと思われます。

それは私にもできそうな気がしてきました」

囲炉裏の火はときどき燃え上がり弥助の顔を赤く照らし、しばらくは沈黙が続いた。

「面倒なことは分からねぇけんど、山ば執着は駄目だな。ぜんぶ山神さまの思し召しのとおり、そのまんま受け入れるしかねぇ。山菜も岩魚も熊も必要以上に取っちゃならねぇ。

そして俺もいつかは山へ還って行くんだべ」

弥助の言うことに久坂はうなずきながら言った。

「弥助さん、宮沢賢治という人を知っていますか。この近くの花巻の人ですが」

弥助はまたかぶりを振った。

「この人が言葉で表現したものは実に尊い。溢れるイメージを言葉にし、それを私たちに届けてくれる。一方では岩手の貧しい農民のため身を犠牲にして行動しました。菩薩のような人です。この人の祈りの言葉を紹介します」

久坂がそう言って『雨ニモマケズ風ニモマケズ』の詩を唱え始めると
「そいづあ俺も知っとるだ。娘っこが学校で憶べてきて唱えてたはんて憶えた」

と弥助が口を挟んだ。久坂は弥助に口誦してもらいたいと頼んだ。弥助は暗い天井を見上げ、言葉を思い出しているようであったが、やがて唱え始めた。

『雨ニモマケズ
風ニモマケズ
雪ニモ夏ノ暑サニモマケヌ
丈夫ナカラダヲモチ
欲ハナク
決シテ瞋ラズ
イツモシズカニワラッテヰル
一日ニ玄米四合ト
味噌ト少シノ野菜ヲタベ
アラユルコトヲ
ジブンヲカンジョウニ入レズニ
ヨクミキキシワカリ
ソシテワスレズ』

弥助はゆっくりした口調で一語一語を噛みしめるように続けた。この詩は賢治が死の病床で小さな手帳に書き記したものである。手帳は死後発見され、その純粋で無私奉仕の精神は人々に深い感銘を与え、教科書にも収録された。賢治はそれまでの自分の歩みを確認し、死を意識しながらなお宇宙の微塵となる覚悟を書き付けたのであった。

弥助の岩手弁の訛りは文字で読む詩とは一味も二味も違い、魂の奥深くから湧き上がってくる言霊《ことだま》となって響いた。それは優しく暖かく心地よくさえあった。久坂はいつの間にか正座して拳を膝の上に握り締めて涙を溜めていた。曇りの無い力強い言葉が胸にじんじんと染み入ってくる。のほほんと過ごしてきた自分の過去への悔恨、皆の幸せを願って己を無にして行動した賢治への感動、それらがないまぜになって涙が溢れてくる。

『野原ノ松ノ林ノ蔭ノ
小サナ萱ブキノ小屋ニヰテ
東ニ病気ノコドモアレバ
行ッテ看病シテヤリ

西ニツカレタ母アレバ
行ッテソノ稲ノ束ヲ負ヒ
南ニ死ニサウナ人アレバ
行ッテコワガラナクテモイイトイヒ
北ニケンクワヤソショウガアレバ
ツマラナイカラヤメロトイヒ
ヒデリノトキハナミダヲナガシ
サムサノナツハオロオロアルキ
ミンナニデクノボウトヨバレ
ホメラレモセズ
クニモサレズ
サウイフモノニ
ワタシハナリタイ』
弥助は唱え終えて放心したように目をつむっていたが、にこやかな顔になって言った。

「そういう者に俺もなりてえ」

久坂はもやもやした気持ちが、砂地に吸い込まれる水のように消えていくのを感じていた。何の虚飾もなく、自然の中で語り合うことが快かった。彼が黙って火を見つめていると、弥助は意外な事実を語り始めた。

「あんたが泊まってる銭屋旅館なあ、あそこの女将は実は俺の娘っこだ。旦那さ死なれ、今じゃ助役の囲い者にされ、可哀相な奴だ」

彼女は名を雪江といい、今の境遇を嘆いているそうだ。しかし生まれた村から一歩も出たことのない女にはどうすることもできない。幼いころから小倉家に金銭的な援助を受けていたので、言いなりになるしかないと諦めている。

「初対面の人さこんなお願えするのはとんでもねぇことだが、雪江を外の世界へ連れ出してもらえねぇか。助役に知れれば反対され妨害されるのはわがってるから、密かにやるしかねぇ。俺ら山の者が手助けするからどうだべ」

弥助の落差のある話に久坂は呆気《あっけ》にとられてしまった。連れ出すだけならとっくにやっている。しかし外へ出て生活していけるように段取りをつけるのは山の者では出来ない。だから世の中のことがよく分かっている人にお願いするしかない。

「お前さんは仏の心が分かる方のようだから、お願げえしやす」

と弥助は言った。一遍や賢治について語ったことが、とんでもない方向へ結びつけられたことに久坂は戸惑いを感じ

「とにかく宿へ戻って女将さんの胸中を聞いてみますよ」

いつの間にか夕暮れが迫っていた。弥助は道案内をして宿の近くまで同道してきた。さすが野山を駆け回っているだけあってキビキビした足取りである。自然の厳しさの中で絶えず決断を迫られて生きてきたせいか、一旦決めたら迷わないという面構えである。

「まあ、話っこ聞いてやってけろ。よろしうお願げえしやす」

弥助はそう言って帰って行った。

銭屋旅館の前に村の若者が一人立っていたが、久坂が近づくとさっと道を開けた。旅館の戸を開けると、助役の小倉太造と女将の雪江が飛び出してきた。助役はたたきに下りて久坂の背後へ回り、退路を断つような格好を見せて言った。

「どこさ行ってたんだべ。あだりほどり探すたよ。はぐ上がらしゃ」

「あれ、怪我ばして」

雪江が心配げに覗き込む。久坂は負傷したいきさつを手短に説明したが、弥助に助けられたことは伏せておいた。

奥の部屋で助役は廃屋での出来事を説明し、久坂に事の真相をただした。久坂は保険屋を演じることに嫌気がさしていたので、バレて清々した気分だった。

「滝沢の言うことは本当です」

「おめゃ、久坂さんと言うんだべ。すかす信じられね話だな」

と苦い顔をする助役に久坂は言った。

「滝沢さんに会わせてください」

「滝沢さんが東西保険の社員ちゅうことは分かったが、誰かが保険会社を抱きこんで潜入したという疑惑は残ってる。だから久坂さんの身分がはっきりするまで滝沢さんに会わせるわけにいかねぇ」

「じゃあ、どうやって私の身分を証明したらいいんですか」

久坂はあきれ顔で訊いた。

「家族、勤め先なんかへ照会する」

助役は躊躇せずに答えた。妻の泰子の顔が久坂の脳裏に浮かんだ。こんなことで心配をかけるのは真っ平だ。

「家へ電話するのは勘弁して下さいよ。私は東京の富士商事を退職したばかりで、今は無職なんです。だから富士商事へ電話するのもお門違いです」

するとと助役は驚いて言った。

「富士商事というと…、んだば小倉太一という男おべでるか（憶えているか）」

意外というか、矢張りというべきか、久坂と同期入社の小倉は助役と縁があったのだ。

助役は小倉太一に問い合わせて裏を取ると言った。

その際、事の顚末《てんまつ》は伏せて「滑床村転入希望者」ということで照会して欲しいと久坂は頼んだ。辞めた後とはいえ、変な噂になりたくなかった。助役は久坂の弱みを握って心中にんまりしながら、家族へは連絡しないことを約束して、止めを差すように言った。

「身内の証言は当てにならん。んだが調べがつくまでは謹慎してでくれ」

「謹慎といいますと？」

久坂がふてくされたような口調で訊くと
「勝手に歩かねことだ。居酒屋も駄目、飯は部屋で食べてろ」

「まるで犯罪者扱いじゃないか」

久坂はむっとして抗議した。助役は冷たい目をしている。ここでは多勢に無勢、身元が判明し疑惑が晴れるのは時間の問題だから我慢するしかない、と久坂は諦めた。だが、にこりともしない助役の顔を見ていると、その鼻をあかすのも一興という気が過ぎった。

「勝手に出歩くとかが（嗅）に電話すぞ」

助役はそう釘を刺して帰って行った。

久坂は山での出来事を雪江に話した。弥助に助けられたことにも触れたが、彼女を連れ出す依頼のことは伏せておいた。彼女は身元が知れてちょっときまり悪そうな風であったが、すぐに明るい顔になって
「んだば、風呂沸かし、夕飯の支度さするから」

と立ち上がった。久坂は彼女の背中へ声をかけた。

「ありがとう。それから一杯やってすぐ寝たいね」

他に宿泊客はいなかったので、雪江は久坂の部屋で夕食の給仕をした。彼女はあの山の中の陋屋《ろうおく》で育ったとは想像できないほど垢抜《あかぬ》けしている。旅館の女将という商売柄洗練された面もあろうが、もともと上品な質だったと思われる。顔立ちは目が比較的顔の上部に位置するのが特徴で、それが意志の強さと愛嬌を感じさせた。

久坂は彼女が注いでくれる酒を飲みながら［なめとこ山遊歩道］の話をした。彼女も幼い頃から知っている山のことなので楽しそうに相槌を打った。会話が途切れたとき、彼は宝の小箱を開けるようなときめきを感じながら、弥助から頼まれた件を切り出した。

「実は今日弥助さんに雪江さんを村から連れ出してくれと頼まれました。思いもよらないことでびっくりしましたが、貴女の気持ちはどうなのですか？」

彼女は目を大きく見開いて驚いている。父が初対面の人にそんな依頼をしたことが信じられないのだ。そして本当の気持ちを語っていいものか迷っていた。

「…それはおど（父）の冗談だべ」

彼女は笑顔を作りながらそう言ったが、しばらくして
「そんだこと出来っごねぇ」

と言ったときには悲しそうな顔になった。

逆境にずっと耐えてきた女の健気さを見て取り、久坂は雪江をいとおしく思った。いま彼女の気持ちは激しく揺れている。とつぜん天空に現れたオーロラが妖しく輝いてすうーっと消えていく。そんな例えが彼女の気持ちを表しているのではないか。

「力になってあげられるかも知れない」

彼はそう言って雪江を見た。彼女は正座した膝の上に両手を揃え、そこに視線を落として考えこんでいる。

沈黙を気詰まりに感じて久坂は言った。

「やはり故郷を捨てるのは心配なんだね」

間髪を入れず彼女は答えた。

「んだことねぇ」

それから彼女は淡々と身の上話を始めた。

銭屋旅館の世話になるようになったのは十二歳のときからで、中学へ通いながら女中として働いた。十七歳のとき、五歳年上の亡夫に手籠《てご》めにされ、泣く泣く結婚したが子供には恵まれなかった。夫は村役場に勤めていたので、旅館業は彼女独りで切り盛りしてきた。この村から出たことはなく、外の世界は全く知らない。

彼女につらく当たった義母は亡くなり、自分勝手な夫も病死したが、今度は夫の叔父に従わざるを得なくなった。生まれて以来、貧しい山の生活、つらい女中の生活、封建的な世間、何もいい思い出はない。

「おら、あたりめぇの生活をしてみでぇ。贅沢は願ってねぇ。皆が生活しているあたりめぇな毎日、それが願いだ。そのためにどうせばいいのか、おらには分からねぇ」

雪江の言葉には絶望と希望が入り混じっていた。彼女の願いは高望みだろうか、いや誰にでも許されるべき普通のことだと久坂は思う。

彼女の生活は衣食住に事欠いているわけではない。外見は普通に見えるかも知れない。飢饉や年貢の取立てで苦しんだ昔の農民から見れば、贅沢な悩みと言われかねない。だが彼女は蟻地獄にはまり込んだ蟻に例えられる。もがいても、もがいても逃げられない。自力で脱出することは不可能である。

自分の意思を自由に表明し、その実現に向かって努力する生き方を許されていない。この国の憲法は［何人もいかなる奴隷的拘束を受けない。居住、移転及び職業選択の自由を有する。生命、自由及び幸福追求に対する国民の権利は最大の尊重を必要とする］と謳っている。

要は自分の生き方を自由にきめられるか、ということだ。幸福追求の権利が擁護されているかということである。物質的に事足りても閉塞的な環境では心の満足は得られない。人間には夢を描いて羽ばたく自由が必要なのだ。

彼女と比べると久坂は自由過ぎる環境に居ながら、惰眠をむさぼってきた自分が恥ずかしかった。自由を得て彼女の夢は実現するだろうか。それはわからないが、まず当たり前の生活のスタートラインに立つことが大事なのだ。そのためにできるだけのことをしてあげたい、と久坂は思った。

同時に彼は皮肉な想像にとらわれた。妻の泰子も家庭という蟻地獄にはまってしまったのではないか。それは多くの家庭で起きている矛盾である。幸せいっぱいで結婚し家庭を営む。時の経過とともに理想は色あせ、他の生き方を願っても今の境遇から容易に脱け出せない。世の多くの妻たちは蟻地獄の呪縛に陥っているのではないか。それは妻たちだけではない。男だってそうかも知れない。

そうであっても、選択の自由を得て真面目に生きることを否定は出来ない。何故なら何事も初めは希望に満ちている。誰にも希望を持つ権利がある。雪江も自由に羽ばたく夢を秘かに抱いている。まずは希望溢れる出発点に立つことが大事なのだ。

「周りの目は厳しいし、久坂さんは疑惑の人だし、ご迷惑はかけられねぇ」

そう言う彼女の顔は平静に戻っていた。

彼女はそれ以上話に乗ってこなかったが、外の世界への夢を諦めていないことを久坂は理解した。とにかく身にふりかかる疑惑が晴れてからのことだ。

食事が終わると彼は早々に眠りについた。

八　脱出

翌日の昼ごろ、滑床村の助役は保険屋の滝沢を連れて銭屋旅館へやってきた。富士商事の小倉太一と連絡がとれて、久坂の身元を確認できたからである。助役は最初に会ったとき見せた愛想笑いを浮かべ

「申すわげねぇことした。皆さんが小細工すっからこんなことになったんだべ。まあ怒らんで許してけれ」

と言って、山ブドウジュースのビンを二本差し出した。お詫びの印というわけだ。

滝沢は助役に席を外してもらい、久坂と二人だけになって頭を下げた。

「ご迷惑をおかけしました。本当にすみませんでした」

久坂は言いたいことが一杯あるようでいて、しょげ返っている滝沢の顔を見ると相憐れむ気持ちになってしまった。

「交通事故ってとこですかね。ところで後はどうするんですか」

と訊くと、滝沢は小声でささやくように答えた。

「調査は打ち切って帰ります。廃屋とワナのことは気になるけれど、行方不明者と直接関わる点はなさそうです。それらは無視して報告書を作ります。久坂さんも滑床村のことは忘れてください」

そう言われても、久坂はこの数日の時間を空白に還元することはできない。仙人、弥助、雪江、忘れられない人たちとの出会いがあった。滝沢は続けて言った。

「東京へ戻ったらお詫びに一席設けさせていただきます」

「いや、そんな気遣いは要りません。私も一緒にこの村におさらばします」

奇妙な縁だったが、これ以上のつきあいは御免というのが久坂の気持ちである。しかし雪江を外へ連れ出してほしいという弥助の頼みを無視することは出来ない。

二人は助役を呼んで別れの挨拶をした。彼らの腹の中はすっきりしなかったが、これ以上の騒ぎに巻き込まれたくなかったので儀礼的なやりとりで一段落した。助役と雪江は手を振ってバスを見送った。雪江の顔は心なしか淋しげに見えた。

盛岡に着くと、久坂は滝沢に
「賢治ゆかりの場所をもう少し訪ねてみたいからここで別れましょう」

と言ってあっけなく別れた。新幹線乗り場へ向かう滝沢を見送ると、彼はまたバスターミナルに戻った。そして再び滑床村へ向かった。

銭屋旅館の停留所の一つ手前で降りたが、もう夕闇が迫っていて彼が再び現れたことは誰にも気づかれなかった。東の方向へ野道を歩いて行くと沢筋に突き当たった。沢沿いの細道は淵澤弥助に案内されて山から下ってきた道である。彼は川上の弥助の家を目指した。

弥助の家では猟犬が近づいてくる人の気配に気づいて盛んに吠え立てた。弥助はランプの灯の下で鉄砲の手入れをしながら、昨日の男はどうしたかなと思っていると、その男がとつぜん現れたのでびっくりした。

久坂は囲炉裏端へ招き入れられ、自分の家へ帰ってきたような気持ちの安らぎを覚えた。ランプの細い燈心は幽かに燃え続け、すすけた天井や壁が黒い天幕となって二人を優しく包み込んでいる。

久坂は昨夜の雪江との会話を妖しいオーロラのゆらめきのように思い起こし、彼が受けた印象を弥助に伝えた。

「雪江さんは離郷の思いを希望として胸の奥底にしまっていると思います。いつか天の手が差し伸べられるかも知れないと思っている。その日が来なければそれも仕方ないと思っているようです」

「んだな。可哀相な子だな」

と弥助は目をしばたたかせた。

「北海道とか、遠い所の旅館の住み込みなら、とりあえず見つからずに生活していけるんじゃないだろうか」

久坂はそう提案した。それから二人の相談は夜晩《おそ》くまで続いた。

翌日、弥助は銭屋旅館へおもむいて雪江に会い、脱出の計画を伝えた。彼女は久坂が戻って来て手助けしてくれることに驚き、そして素直に喜びを表した。実行はあくる日の未明ということに決まった。彼女は当座必要な最小限の荷物をまとめ、昼間のうちに人目につかぬよう弥助に運んでもらった。

翌朝、辺りがまだ寝静まっている未明、弥助が銭屋の裏木戸をそっと開け、娘とともに薄明の中へ姿を消した。村里には朝もやが立ちこめ二人の姿を呑みこんでしまった。二人は山の家とは反対側の西の山へ向かった。

二人が着いた所は仙人の家だった。そこに久坂も待っていた。彼は暗いうちに弥助の家を出てそこへ来た。弥助に仙人の家で待つように言われたとき、「何故？」といぶかった。

弥助はその訳を説明しなかったが、それを仙人の口から聞くことができた。

かつて仙人は山で首を吊ろうとしたとき、何か黒いものに突き飛ばされて命永らえたと語ったが、その黒いものは弥助だったのだ。そのとき仙人は弥助の家に泊めてもらい、心の安らぎを得た。余計なことを考えない。自然が与えてくれる恵みによってのみ命をつないでいる生き方に心が洗われた。弥助には狩猟や山菜採りに何回か連れて行ってもらった。山を駆けたり歩いているときは余計なことは一切考えなかった。それが実に清々しい気分にしてくれた。

「わしは弥助さんのお蔭で自然のままに生きる決心がついた。もうじたばたすることはない。そしてここに落ち着いた。そんなわしが何故、雪江さんの手助けをするか。彼女は普通の生活に夢を抱いている。我々が失ってしまった夢を持つことの素晴らしさにわしは感動した。自分らしい第一歩を踏み出してほしい。彼女は深い残雪の下から遅れて芽を出した雪割草なのだ」

久坂は自分の気持ちを仙人が代弁してくれていると感じた。雪江に好意を抱いているから協力するのではない。人生にささやかな夢を持つ人を応援したいのだ。かつての自分なら他人のことに首を突っ込むようなことは避けただろう。しかし今は他人には幸せになってもらいたいと願う。

仙人の家にはもう一人屈強な若者が待機していた。弥助の遠縁の者でふだんは里で農業に従事しているが、熊狩りのときは強力な助っ人になる。彼が久坂と雪江を案内してくれる。

盛岡へ出て列車に乗るのが順路だが、人目につき易いので西山を伝って日本海側へ出るよう弥助が段取りをした。西山にも弥助の息のかかった山の衆がいて手助けしてくれる。

山にはまだ残雪があるから長靴を履いて行くことになった。身支度を整え、お互いに口数少なく別れの挨拶を交わした。

若者が荷を背負って先頭に立ち、雪江、久坂という順で山へ入って行った。ハイカーが歩く登山道とは別のマタギだけの道がある。踏み跡は全く見えないが若者はのしのしと迷わずに歩いて行った。

マタギの若者は要所々々の樹木に印されたナタメを読んで進む。ナタメとは樹木に付けた鉈《なた》の傷跡のことで、傷の形で曲がるとか上るとか進む方角を示していた。久坂はそういう方法で情報を盛り込む山の衆の知恵に感心しながら付いて行った。

奥羽山脈の支尾根の稜線に出ると、滑床村が木の間を透かして見下ろせた。雪江は夢を見ているのではないかと目をこすった。あの山里に執着するものは何もない。私は自由なのだ、と大声で叫びたかった。薄っすらと汗をかいて上気した頬をそよ風がなでていく。

「久坂さん、面倒かけるね」

そう言う彼女の心中では、本当にこの男を頼っていいのだろうかというためらいと、もはやこの男にすがるしかないという覚悟が交錯している。

「不安でしょうが、私も一所懸命お力になるつもりです。大丈夫何とかなりますよ」

久坂はそう言いながら、行き先をあれこれ思案するのであった。

里の稲田も土手も緑一色に彩られ、野菜も果物も成長を続けている。里山の草木も夏の装いを色濃く見せている。しかし西山の主稜の所々にはまだ残雪があった。雪江はそれが永年耐え忍んできた自分を象徴しているような気がして、慈しむように踏んで行った。

三人は午後になって主稜を越えて秋田県側へ下った。日が傾いた頃、山の中腹にひっそりとたたずむ荒屋に着いた。弥助の知り合いのマタギ、小俣七兵衛の家である。そこに一泊し、翌日は七兵衛が町まで案内することになっている。若者は翌朝村へ帰っていく。その家に子供はいなかった。七兵衛の孫は義務教育を受けなければならないので、息子家族は里へ下っている。山で生活しているのは年寄り夫婦だけである。

山では夕食が済めば灯りを節約する意味もあって就寝となる。久坂と雪江の床は二間しかない荒屋の奥の部屋に用意された。久坂はちょっとためらったが、皆平然と床についた。

余計なことは考えない。自然のまま、というのが山のしきたりなのだ。しかし彼はなかなか眠りにつけなかった。普段の習慣から眠るには早すぎる、そして隣に雪江が寝ているのが気になった。

それでもいつしか眠ったらしい。横になって寝ている背中に暖かいものを感じて眠りから覚めた。雪江だ。それ以外考えられない。鼓動がにわかに激しくなった。息を殺していると、柔らかい温もりが背中を圧し、雪江の手がたおやかにまといついてきた。久坂の五体を血が音を立てて流れる。このままじっとしているか、反応するか彼は迷った。

雪江は永年抑圧されていた環境から脱出できたと思うと自分を抑えきれなかった。この男に好意を抱いているとか、世話になるからとか、そんなこととは関係なく今の自由な喜びを表現したかった。しかし誰でもいいというわけではない。やはり久坂でなければならない。彼女は宿命のようなものを感じて彼に寄っていった。

久坂は向きを変えて雪江と向き合った。

「かぬな（堪忍して）」

彼女がささやいた。それを聞いて彼は我に返った。

このまま肌を合わせれば、また一つしがらみを背負いこむことになる。全てを捨てようと覚悟したのにどうしたのだ。捨てろ、捨てろという声が聞えた。そして脳裏に妻泰子の顔が浮かんだ。彼は言葉にならないうめき声を上げた。

「どうしたべ？」

と彼女が訊く。久坂は

「ああ、駄目だ。いけないんだ」

彼女は泣いた。隣の部屋を気にして声を立てずに泣いた。

しばらくして小声で言った。

「なんもしなくていい。このまましたまでおんなじ布団に入っててけなえ」

久坂はそっと彼女を抱き寄せる。熱い体温が伝わってくる。二人とも固まったようにじっとしていた。

久坂は彼女の落ち着き先を考えることで気を紛らそうとした。北海道がいいか、新潟がいいか、そのどちらにもコネのある温泉旅館があった。それとも伊香保がいいか。住み込みの世話をすればそれで終わりというわけにいかないだろう。しばらく見守る必要がある。安定した仕事を見つけるまで力になってやる必要がある。そうなると近い所がいいかも知れない。

いろいろなアイディアが堂々めぐりするのであった。

雪江は気持ちが落ち着いてくると、やはりこれからのことを考えざるを得なかった。当座は何処かへ住み込みに入るにしても先々どうしたらいいか。年齢や経験の点で会社勤めは無理である。自分で小さな料理屋をやれたらいいな。そのためにうどんとか、そばとか調理の勉強もしたい……。彼女なりに考えを巡らした。

そして二人とも眠れないまま夜明けを迎えた。隣室の人たちが起き出した気配を察して二人も身支度を整えた。外はまだ暗かった。雑炊の朝食を済ますと、滑床村の若者は帰って行った。明るくなるのを待って七兵衛は二人を連れて山を下りた。

奥羽山脈には見事なブナ林があった。一人で抱えきれないほどの大木に混じって、すんなりとした若木も新緑を滴らせている。大木は何百年も年輪を刻んでいると思われた。樹皮の薄い灰緑色とその上に付着する灰黒色の苔が描く風景には気品を感じた。

それら樹木はおそらく何も考えずに光合成して生きている。生きる意味とか生きて何を成し遂げねばならないかなどの考えを持たない。そうやって何百年も生きる、いずれ朽ち果てる定めではあるが。人間も樹木のようにただ生きればいいのかも知れない。その過程で他人を援けることができればもって銘ずべし、と久坂は思った。

昼近くに里に着いて七兵衛はある家を訪ねた。こじんまりした造りの建売住宅が数軒並んでいるうちの一軒である。そこは七兵衛の息子の家である。息子は仕事へ、上の子は学校へ行っていて不在であったが、嫁とヨチヨチ歩きの男の子、七兵衛の孫がいた。

七兵衛は孫を抱き上げて頬ずりをした。孫はニコッと笑った。純真無垢、天真爛漫の笑顔であった。親しい人に会えた喜び、ただそのことだけの笑顔である。七兵衛の笑顔もこの世の憂いを総て忘れたように清々しかった。

久坂は胸がジーンと熱くなった。自分の孫もこの子と同じくらいの歳のとき、訪ねた自分を同じ笑顔で迎えてくれた。天使のような穢《けが》れの無い笑顔、五十年余の生涯で初めて出会った無垢の笑顔。この子のためなら何でもしてやる。死をもいとわないと思った。それと同じ笑顔を七兵衛の孫は見せている。

久坂は孫や家族が無性に恋しくなった。

孫が可愛くない人はいない。子供ももちろん可愛いが、子育ては親の責任であり苦労も多い。孫は好きなときにかまうだけでいいから、子供以上に可愛く感じると世間ではいう。久坂はそれとは違った観点から孫を見ていた。我が子を通して血が伝わったことに感動を覚えるのだ。よくぞ生まれてくれたと感謝したい。命のつながりを奇跡のように思う。他人同士の夫婦は子供を通じて結ばれる。そのうえ孫に恵まれ、遺伝子の奇跡を確認できるのは幸せというほかない。

七兵衛の孫の笑顔に出会ったとき、久坂の脳裏に医師で冒険家の関野吉晴氏の言葉が鮮やかに甦った。関野氏はアフリカに発し南米最南端に至った人類四百万年の足跡を逆にさかのぼる旅、グレートジャーニーを十年かけて達成した冒険家である。

彼は人類最古の足跡が残るタンザニアのラエトリでゴールを迎えたとき、人力だけで踏破してきた苛酷な旅についてインタビューを受けて答えている。自分にとって人間にとって一番大事なものは何かと訊かれて、『それは空気とか水とか、身の周りにあるありふれたものであり、そして家族なのだ』と。

雪江の願う普通の生活、久坂にとっての家族、今の二人にとってはそれが一番大事なものなのだ。だから雪江の身の寄せ場所と生業《なりわい》、久坂と妻との折り合いなど、これから待ち構えているややこしい問題にも逃げずに向き合わねばならない。

少し前まで久坂は、己の人生は己一人のものと考えていた。己が宇宙の総ての出発点と考えていた。己が滅すれば宇宙は終わると考えていた。しかし己の人生は己一人のものではない。己は他人とのつながりの中で己たりうるのだ。己は滅しても命は子孫に引き継がれる。己は命のリレーの一走者なのだ。それでいいではないか。久坂はこの数日の奇妙な体験を通じてこう考えるようになっていた。

久坂と雪江は小俣七兵衛と別れて最寄りの駅へ向かった。ＪＲの角館駅に着き、久坂は現金自動支払機で旅費を調達した。

山を下っているときは、秋田・青森経由で北海道を目指すつもりであったが、七兵衛の孫に会ったことで気持ちが変った。一刻も早く家族のところへ戻りたいと思うようになった。さらに雪江のこれからの生活を万全にするには就職だけでなく、戸籍や住民票など民法上の権利保全を講じる必要がある。そのためにはとりあえず近くの場所に身を寄せるのがいいと考えた。

角館から秋田へ出た二人は羽越本線の新潟行の列車に乗った。新潟から上越線に乗り換えて、とりあえず伊香保温泉の知り合いの旅館へ雪江は身を寄せ、彼は埼玉の自宅へ帰る。そして時間をかけて善後策を考える。彼がそう説明すると彼女はほっとした様子を見せた。

列車が動き出すと彼女の瞳に涙が溢れた。彼女は車窓に顔をくっつけ、流れ行く風景を飽かずに眺めた。秋田駅で購入した駅弁を渡すと、微笑みながらおいしそうに食べた。彼女には見るもの触るものみな新鮮であった。

久坂は生き生きとした雪江を見やりながら、波乱のこの一週間を思い返した。大波にもみくちゃにされたような時間であったが、仙人や弥助という忘れられない人との出会いがあった。彼らは自分が心ひかれる西行、一遍、賢治たちと何処かで通じ合うものを感じさせた。それによって自分がどう変ったか、いま感じていることが何の意味を持つか、明快な答えはない。

九　エピローグ

久坂は車窓に流れゆく景色を眺めるともなく見やりながら、心ひかれる先人たちに改めて思いをめぐらせた。

一遍上人は女人往生に終生尽した。女人、乞食、非人などを不浄とする中世にあって、彼らへの布教救済を熱心に行った。全てを捨てて念仏せよ、さすれば往生できる、と言った上人から見れば、雪江の新しい人生を手助けすることなど女人救済とは程遠い行為かも知れない。だが凡人である自分としてはいま生きている人、真面目に生きようと願う人を現世で助けたい。賢治が農民救済に命をかけたほどにはできないが。

雪江は当たり前の生活、普通の生活を望んでいる。自分で生き方を決められる自由を得ようとしている。久坂はその手助けをする。だが現世には物質的に普通の生活ができない者がいる。最近新聞が報じた［子供の貧困］の記事が久坂の頭から離れなかった。家庭が貧困のため普通の生活ができない子供たちのために何かできないか。雪江を助けるというアクションがきっかけとなって、子供のことにも意識が回り始めた。

親の死亡、離婚などによりひとり親となってしまった。あるいは不況のため親が職を失った。それらの境遇に置かれた子供は食生活にも不自由している。貧困ゆえに朝食を抜いたり、夕食もカップ麺だけで我慢しているという現実がある。発育盛りの子供が食べることにも事欠くとは何と痛ましいことであろうか。本当は雪江より先に援けなければならない人たちであろう。

少子化が国力を衰退させることは自明の理なのに、政治は子供の貧困に対して有効な施策を講じきれていない。高校や大学へ進学できないという教育格差も問題だが、せめてひもじさを救済しようと食事の提供を始めたＮＰＯがある。その活動を支援することは自分にもできる。僅かばかりの支援だがやらねばならない。久坂は幼いころ父を亡くし、境遇が似ているから痛切にそう感じる。

一遍は一切を捨てた捨聖と呼ばれる。しかし肉親には断ち難い愛情を示している。初めて遊行に出かけたときには、妻子であろうと推測される二人の尼を同道した。日本仏教の祖師のうち尼とともに修行した人は他にいない。

陸奥《むつ》への遊行は承久の乱で罪人となって江刺へ流されて死んだ祖父、河野通信の慰霊の旅であった。ファミリーに思いを寄せても一遍は否定しないであろう。

『西行物語』には煩悩《ぼんのう》の絆を断ち切るため、すがりつく四歳の娘を縁側から蹴落として出家したという説話がある。それは西行の生涯を美化・純化しようとする後世の創作と言われている。

一方、鴨長明の『発心集《ほっしんしゅう》』には西行が家族思いであった話が載っている。西行は出家のとき『いとけなき女子の殊にかなしうしけるを、さすがに見捨てがたく、いかさませんと思へども』信頼できる人も思い当たらないので、子として可愛がって育ててくれるよう弟に頼んでいる。

その娘は後にさる公家の養女となったが、やがて公家の縁者の家の召使にさせられた。それを知った西行は『本意ならず覚え』、先に尼になっていた妻に娘を引き取らせ、母娘ともに仏に仕えるようにした。

このように西行は俗縁を捨てた身になってもなお家族のことが気がかりであった。捨てなお断ち切れぬ思い、それは次の歌からも窺える。

『世の中を捨てて捨て得ぬここちして都離れぬ我が身なりけり』

久坂はそんな西行に共感を覚える。

西行は建久元年二月十六日、有名な次の歌のとおり生涯を終えた。その見事な往生は極楽往生を願っていた当時の人々に深い感銘を与えた。

『願わくは花のしたにて春死なんそのきさらぎの望月のころ』

西行は歌聖とたたえられ、さまざまな伝説が生まれた。奇怪な説話もある。『撰集抄』には西行が高野山の奥で人の骨をとり集め、それをあみ連ねて人の姿に造る話が出てくる。

『古今著聞集《ここんちょもんじゅう》』には西行のことを『世をのがれ身をすてたれども、心はなほむかしにかはらず、たてだてしかりけるなり』と記述されている。荒法師文覚《もんがく》を気力で圧倒したという伝説もある。

世をはかなみ、桜に憧れた歌聖という透明なイメージをはみ出した西行。彼は振幅の大きい人間、言うならば一人の修羅なのだ。久坂はそういう西行に親近感を覚える。

修羅とは仏教でいう六道の一つ、阿修羅の略である。六道とは地獄、餓鬼、畜生、修羅、人間、天上をいう。修羅は畜生界より上にあるが人間界より下に位置する。畜生ほど無智ではないが人間ほどの智慧もない。

姿形は人間でも人間の智慧を備えた者がどれほどいるだろう。人間界と畜生界の間を揺れ動くのが普通の人間ではなかろうか。修羅の世界で悩み、苦しみ、足掻くのが人間の常の姿なのだ、と久坂は思う。

風や雲や星など、宇宙のエネルギーから触発されたイメージを、溢れるように詩や童話に結晶してみせてくれた宮澤賢治は、日本文学史上空前絶後の宇宙感覚を表現した詩人である。その作品は単なる空想・夢想の産物や奇異な物語でなく、科学的真実と人間味あふれるユーモアに裏打ちされている。

そして貧しい農民のために己の健康をかえりみず奉仕した生き様は、菩薩にも聖人にも例えられる。その実践行為は見返りを求めない無私に貫かれ、多くの人の感動を呼んでいる。その賢治にもさまざまな修羅があった。詩『春と修羅』の一節が現実感をもって鮮明に思い出される。

いかりのにがさまた青さ
四月の気層のひかりの底を
唾し　はぎしりゆききする
おれはひとりの修羅なのだ

まことのことばはうしなはれ
雲はちぎれてそらをとぶ
ああかがやきの四月の底を
はぎしり燃えてゆききする
おれはひとりの修羅なのだ

賢治は花巻の裕福な名家に生まれたが、家業を継ぐという安易な生き方をしなかった。

花巻農学校の教師になって生徒たちに理想を熱く語り、それを歌や演劇で表現しようとした。彼の願いは感覚を鋭敏にし、希望を失わず、宇宙を往き来する風や雲からエネルギーをもらい、世界全体の幸福な生活を実現することであった。

教師を辞めてからは、富裕な実家と決別する意志をもって一農民の道を選び、土地を開墾し菜食の自炊生活に入った。宮澤家の質素な別宅を生活の拠点とし、其処に羅須地人協会と称する学習の場を設立し、若い農民に呼びかけて農業を科学的に勉強するとともに、労働を芸術に高める活動を始めた。

同時に貧しい農民のために無料で肥料設計を行ったが、日照りや冷夏の年に作物は壊滅的な被害を受けた。それは肥料のせいでなく抗しがたい自然の変異に因るものだったが、賢治は責任を感じて農民に謝って歩いた。

もともと病弱の身に鞭打って無理をした結果病に倒れた。その無私奉仕の生き方は『雨ニモマケズ』の詩と相まって菩薩とも聖人とも崇められ慕われている。

しかしそういう美談の陰に賢治にも様々な修羅があった。賢治の修羅を列挙すれば

・生家が富を蓄え得た商業（賢治は社会の搾取の仕組みと見た）に対する嫌悪

・幼時にチフスに罹り看病してくれた父に病気を移したという父への負い目

・家業に必要ないとして進学を認めてくれなかった時期の父への反発（結果的には許されて盛岡高等農林に進学できたのだが）
・浄土真宗を信仰する父を自分が信じる日蓮宗へ改宗しようとした信仰上の相克
・恋心を抱いた女性と、彼を慕って通ってきた女性がいたという人並みの異性の悩み
・羅須地人協会は芸術の力によって農民の灰色の生活に夢を持たせようとする活動であったが、労農派と軌を一にする社会主義とみなす者もいた。警察当局から当然マークされていたので、賢治は防御のため人知れず苦悩した。
・度々病いに見舞われ、結局は家（父）の庇護を受けざるを得ないという生涯の負い目。その償いに何とか実業で成功したいと思って頑張った東北砕石工場のセールス。その無理がたたって最後の病床についてしまった。

久坂は六十年近い自分の人生をもう一度振り返ってみた。戦後の荒廃から新生日本を目指した社会のうねりは、考える暇《いとま》を与えず国民を経済成長という大波に巻き込んだ。自分はそのうねりにただ乗っかっていて、物質的な恩恵を甘受してきたようなものだ。修羅というには余りにも安易平凡な日常の連続であった。

己を主張することもなく、仕事上のささいな苦労を、さも重大事のように考えてきた滑稽な人生であった。それを修羅と呼ぶのは全く烏滸がましい。心ひかれる先人に比べれば自分の悩みや苦しみなどささいなものであった。

人は難事や不幸に遭遇すると、平穏無事の有難さが身に沁みる。政治の目指すところも一億総中流の社会である。中道・平凡こそ幸せということか。そういう考えを肯定していたかと問われれば、肯定も否定もせず、ただ流されてきたという思いしかない。如何にいい加減に生きてきたか恥ずかしくなる。

いま彼は悔恨の念にかられている。ぬるま湯のような環境の中で、クラゲのように波に漂い、木偶《でく》の坊のように組織に従い、独楽鼠《こまねずみ》のように働いてきた人生、それが満足な生き方だろうか。限りある人生をそう易々と生き、終えていいのだろうか。

しかしこれからの余生は老・病・死に見舞われること必至である。それは万人に斉しく訪れる。そのとき自分は悩み、苦しみ、絶望するかも知れない。人生のたそがれに夢や希望を持つことは容易ではない。そのとき心は何に拠り所を求めればいいのだろう。

久坂は考えた末、「生《せい》」を信じるしかないと思った。一個の生に限りはあっても命は受け継がれる。子や孫の誕生を奇跡と思い、その人生を応援する。自分の子や孫だけでなく、ひとり親の下で健気に生きる子供たちにも愛を注がなければならない。彼らは無限の可能性を秘めている。雪江も生まれ変わって新たな人生に夢をかける。それを見守り、あるいは援けることが自分の生なのだ。終末であろうと生《せい》ある限り生《い》き尽す。

一遍上人のように身を捨てて人のために尽くすことができるか。まだ獣の餌になれるならこの身をくれてやれるか。その覚悟をもって、精神的物質的に普通の生活ができない人に寄り添うことができるか。

そういう無私奉仕を目指しても自分一人ができることはたかが知れている。世間に働きかけて大きな運動を起こすほどの才覚もない。六十年をのほほんと過ごしてきた自分にはどうせ大したことはできないだろう。しかし意識だけは修羅を求めて生きていこう。

久坂は改めて賢治の言葉を心に刻んだ。

『まずもろともにかがやく宇宙の微塵となりて無方の空にちらばらう』

『世界ぜんたいが幸福にならないうちは個人の幸福はあり得ない』

それを心の支えとして余生を生き切ろうと決意した。

（完）

著者略歴

太野 祺郎（たの よしろう）

昭和9年、京都府生まれ。小学校から高校まで信州伊那谷で過ごす。伊那北高校・早稲田大学日本文学科卒業。学生時代から登山を趣味とし日本三百名山完登。会社員時代に始めた蕎麦の食べ歩きは全国二千軒以上に及ぶ。

著書：「おいしい蕎麦を探す」「蕎麦の極楽」「蕎麦無限」「蕎麦万華鏡」「蕎麦曼陀羅」「百年の燈火」（以上展望社）、「蕎麦行脚」（私家版）、「蕎麦の蘊蓄」（講談社）、「蕎麦手帳」（東京書籍）、「山みち蕎麦みち」（山と渓谷社）、「ある日ある山で」（総和社）、「あの日あの山」（私家版）、「トライアングルの山」（牧歌舎）など。

イーハトーヴ奇談

2016年7月21日　初版第1刷発行

著　者　太野 祺郎
発行者　唐澤 明義
発　売　株式会社 展望社
〒112-0002
東京都文京区小石川3丁目1番7号　エコービル202号
電話　03-3814-1997　Fax　03-3814-3063
振替　00180-3-396248
展望社ホームページ　http://tembo-books.jp/
印刷所 製本所　株式会社ティーケー出版印刷

ISBN978-4-88546-316-7